LES BRÛLURES
DE L'ÉTÉ

DU MÊME AUTEUR

L'Auvergne des douze, Les Trois Arches, 1993.

Contes et recettes des pays d'Auvergne, avec Francis Panek, L'Archipel, 1996.

Nina le lumineux, bande dessinée, avec Sylvaine Guillon et Gilles Grimon, Rogram, 1996.

D'un hiver à l'autre, roman (prix Lucien-Gachon), L'Archipel, 1997.

Aux vents d'Auvergne, ouvrage collectif, éditions du Miroir, 1998.

JEAN-PIERRE LECLERC

LES BRÛLURES DE L'ÉTÉ

roman

l'Archipel

Si vous souhaitez recevoir notre catalogue et être tenu au courant de nos publications, envoyez vos nom et adresse, en citant ce livre, aux Éditions de l'Archipel,
4, rue Chapon, 75003 Paris.
Et, pour le Canada, à
Édipresse Inc., 945, avenue Beaumont,
Montréal, Québec, H3N 1W3.

ISBN 2-84187-244-0

« Bientôt nous plongerons dans les froides ténèbres ;
Adieu, vive clarté de nos étés trop courts ! »
Charles Baudelaire

« J'ai pesé de tout mon désir sur ta beauté matinale. »
René Char

1

Enfin ce fut juillet. Tant espéré. Sec, étincelant, après un printemps incertain : de pluie, de vent. Des mois durant – en fait depuis les dernières gelées de mars –, il avait fallu composer avec les averses ; souvent battre en retraite sous les gifles du ciel généreux et attendre sans perdre patience, maudissant une fois de plus ces montagnes aux climats rugueux. Mais aujourd'hui, tout semblait reprendre sa place, et les vallées, les sommets respiraient de concert avec la saison. Il y avait un réel plaisir à rester le soir dans les cours, à couvert des tilleuls ou des marronniers, les membres rompus, à se délasser et prendre le frais. Des venelles où, dans l'ombre, vivotaient quelques herbes jaunies, montaient d'une terre gorgée des parfums humides. Un friselis venteux miaulait en sourdine, caressait les branches les plus hautes, et il était agréable d'assister au spectacle des arbres dansant à l'infini sous la lune nouvelle. Les ténèbres s'éclairaient alors, constellées, immenses et tièdes.

En journée, jachères et éteules grillaient abandonnées au silence des plateaux. Les gerbes de blé ou d'avoine liées au soleil jonchaient les champs assommés de chaleur. Du derme asséché de la terre s'évaporait une fine poussière qui, avec la légèreté de la farine, se déplaçant sur la croûte durcie, s'en allait saupoudrer le bas des haies. Les sous-bois sommeillaient en craquant : chênes, frênes, hêtres, sapins, bouleaux, les pieds entravés aux fibres ligneuses des ronces, formaient des réseaux impénétrables sur les flancs abrupts des gorges.

Dans ces bas-fonds, la Sioule, d'un méandre l'autre, glissait sous une chaleur suffocante pour se heurter en aval à l'infranchissable barrage de Queuille. Sa moire sombre, verdâtre et glacée, renvoyait à l'orée des jours des reflets imprégnés d'une brume matinale. N'était cette couche provisoire de ouate vaporeuse – signe de beau temps –, la rivière inaudible serait demeurée invisible.

Martial épaula son barda, jeta un dernier regard à la rivière – parmi les joncs affleuraient les têtes des piquets retenant les nasses plongées la veille – et enfila le chemin. Une sente de trois kilomètres – un raccourci –, raide, tracée à flanc dans l'ombrage des feuillus, sèche comme un coup de fouet, claquait de Moignoux à Vitrac. Martial progressait à petits pas, obligé parfois, au plus fort de la pente, de planter le nez de ses godillots de forestier dans une poussière mêlée de terre et de gravier. Il atteignit la route de Manzat, à la croix plantée au carrefour de La Barge, en eau, la chemise collée à la peau du dos, les mollets douloureux. Son faix déposé, il s'épongea le front et reprit son souffle. Il n'était que huit heures, mais déjà un ciel bleu délayé d'un blanc cru s'ouvrait sur un soleil brûlant.

Martial jeta un coup d'œil à sa montre gousset ; Lucien était en retard et aucun véhicule ne s'annonçait depuis Saint-Georges-de-Mons.

« Si j'avais su, pensa-t-il, j'aurais pas pris rendez-vous avec ce jean-foutre ; en piquant tout droit par les raccourcis, j'y serais allé à pied, à Tazenat. »

Gagné par l'impatience, il donna un coup de

godillot dans son barda ; la hache et la houe tintèrent l'une contre l'autre.

Martial Flora, trente-quatre ans, mesurait près de deux mètres ; une bourre noire, épaisse, crêpelée, parsemée de petits faisceaux blancs, qu'il couvrait rarement d'une casquette, embellissait son faciès tanné aux fortes mâchoires. Ses bras, ses épaules roulaient naturellement sous le tissu des chemises et des vestes qu'il enfilait sans recherche d'effets. Martial développait une force exceptionnelle. Sa réputation d'« homme à tout faire », de tâcheron, lui valait d'être embauché pour les besognes les plus pénibles, dont on savait qu'il s'acquittait avec zèle. Désormais, il vivait seul au fond de son trou, à l'écart de toute humanité, depuis le départ de Maria, sa femme, épousée quatre ans plus tôt. Incapable de s'adapter à la solitude des bas-fonds, elle s'en était allée un jour du mois de mai vivre à Barroux, chez ses parents. Depuis, cela le rendait triste et peu sociable.

Ce matin de juillet 1938, Martial se rendait à Tazenat émonder et débiter de vieux arbres récemment déracinés par les violentes tempêtes de juin.

– Trois d'entre eux ont la tête dans le gour, lui avait précisé Lavédrine. Il te faudrait un cheval pour les tirer au sec. Un tracteur serait mieux, mais encore faut-il en avoir un !

– Je me débrouillerai, avait répondu Martial en piochant une pincée de gris dans sa blague à tabac, une feuille de papier Job collée au coin des lèvres.

Il avait proposé ce travail de remorquage à ce fainéant de Lucien Bongen, fils d'un gros fermier de Queuille, propriétaire d'une camionnette Citroën.

– Ce qu'un cheval peut faire, ta bagnole en est capable, non ?

– Ma foi...

– Au plus, ça te prendra une paire d'heures, et c'est pas si mal payé.

La demie de huit heures pointait au bout de la grande aiguille. Lucien toujours hors de vue, Martial décida qu'il ne pouvait plus attendre. « Ce corniaud me fout dedans. A ce train, je vais arriver là-bas en fin de matinée », maugréa-t-il.

Il décida de rester sur la route jusqu'à Manzat, par le hameau de La Barge et le Moulin de La Bussière, de sorte que si Bongen venait à passer, il lui tomberait dessus. Mais Lucien ne parut pas et Martial obliqua légèrement sur la gauche, coupant à travers les cheires, en direction de La Coussidière.

Au sortir des scories volcaniques, il rattrapa enfin la route conduisant à Charbonnières-les-Vieilles ; une demi-heure plus tard, il grimpait les pentes basaltiques du cratère. De l'autre côté sommeillait le lac millénaire. Pratiquement rond au sommet, le volcan était bordé d'un anneau de tuf largement boisé, comme des lèvres épaisses. Une végétation de sous-bois s'y développait, abondante. Aussi, Martial s'attendait à devoir batailler pour extraire les souches en partie déterrées.

« Mais d'abord, décapiter les trois hêtres qui trempent dans la flotte, se dit-il. Espérons que Lucien se ramène pour me les remorquer ! »

Il retira ses godillots, qu'il enfilait sans chaussettes, releva ses bas de pantalons au-dessus des genoux et pénétra dans l'eau glacée. Deux des trois têtes tombèrent en un peu plus d'une heure. Martial abattait sa hache avec régularité, précision, comme l'aurait fait un bûcheron de métier. L'acier tranchait aisément les fibres compactes des arbres trentenaires ; suivait un bruit mat, que reproduisait l'écho presque aussitôt. Il continua d'émonder le troisième hêtre jusqu'à la partie émergée, comme les précédents. Derrière lui, longues, mi-longues, courtes, les branches s'amoncelaient en trois tas distincts.

Douze coups sonnèrent au clocher de Charbonnières. Guère préoccupé par l'heure de se mettre à table, Martial ôta sa chemise imbibée de sueur puis se passa sur le visage et le torse une serviette trempée dans l'eau du lac. Il eut l'impression que la fraîcheur du linge le soulageait de toutes ses fatigues.

– Monsieur Flora !

Martial se retourna. Une jeune femme d'une trentaine d'années, un garçon de cinq ou six ans cramponné à sa main, patientait sur la berge, un panier à ses pieds. Le regard de Martial fut attiré par le large visage du gamin, surmonté d'un épi de cheveux bruns. Ses petits yeux noirs disparaissaient en partie sous des paupières bridées, gonflées, légèrement rouges. Il remarqua également un filet de salive sur ses lèvres. Le gamin regardait le monde bouche bée. Martial ne sut s'il souriait ou grimaçait.

– C'est Martin, mon fils. Faites pas attention, il est pas normal, dit la jeune femme en caressant la nuque de l'enfant.

Puis, d'un ton plus assuré :

– Monsieur Lavédrine m'envoie vous porter à manger.

– Mettez ça à l'ombre, je verrai plus tard, grogna Martial, contrarié par cette distraction inattendue.

– C'est-à-dire... Je dois attendre que vous ayez terminé pour remporter le panier, sinon ça m'oblige à revenir. C'est pas que Charbonnières soit bien loin, mais deux allers-retours dans la même journée, ça finit par peser dans les jambes. Je dis ça surtout pour lui, il rechigne à marcher.

Encore une fois, Martial considéra l'enfant. Celui-ci, le regard extatique, habillé d'un pantalon trop long pour ses petites jambes, le dos rond, s'abritait derrière la jupe de sa mère. Martial planta sa hache dans le hêtre émondé, suspendit la serviette au bout du manche, puis regagna la berge. La jeune femme lui tendit le panier.

– Pendant que vous mangerez, nous irons sur la plage. Martin aime lancer des cailloux dans l'eau, dit-elle, un sourire étirant deux belles lèvres ourlées.

Martial s'installa à l'ombre des arbres, en bordure de forêt, sur l'une des nombreuses pierres erratiques jetées là quatre-vingt-dix mille ans plus tôt par l'éruption volcanique, content de souffler un peu. Les paupières à demi closes, il survola les trente-cinq hectares d'eau limpide – où il savait une importante population d'ombles chevaliers, de truites farios et de brochets frayer dans les profondeurs – pour heurter les pentes abruptes de la rive opposée. La roche verticale, couleur d'acier rouillé, s'y engloutissait dans l'eau froide. Ensuite, ses yeux se portèrent sur la femme et l'enfant : couple étrangement assorti... Martin, le buste tassé sur ses hanches épaisses, porté par des jambes arquées dont on devinait qu'elles ne seraient jamais assez grandes, sautillait lourdement sur la lande de sable. Il allait et venait, poussant de petits cris rauques, émerveillé devant l'immensité de l'eau. Une poignée de graviers lancée dans le clapotis enflamma sa bonne humeur ; un geste qu'il reproduisit cent fois sous le regard attendri de sa mère.

Martial acheva de manger son pain et son fromage par une lampée de vin rouge, puis coucha l'assiette et la topette vide au fond du panier. Debout, il replia son couteau, le fourra dans sa poche et entreprit de rouler une cigarette.

« Manque que le café, songea-t-il, satisfait. Lavédrine s'est pas foutu de moi, pas comme le Lucien, que le bruit d'un moteur de voiture lancée sur la route lui rappela. Ça n'a pas de parole, ces chrétiens-là ! »

Le miroir du lac reflétait une lumière blessante. Martial cligna des yeux. Plus d'une demi-heure s'était écoulée. Le ciel fusionnait avec la terre. Tout, alentour, suintait dans un calme absolu. Seul l'enfant se faisait entendre ; pendu à la main de sa mère, il sanglotait, mécontent de devoir abandonner ses jeux.

– Il voudrait rester, expliqua la jeune femme en se rapprochant.

Elle s'empara du panier.

– Nous nous verrons demain, je crois ! Monsieur le maire m'enverra sûrement vous porter à manger, dit-elle encore.

Martial hocha la tête, puis, évacuant la fumée de sa cigarette, dit :

– Je ne rentrerai pas chez moi ce soir. J'habite au bord de la Sioule, dans les bas-fonds, en dessous de Moignoux ; je perdrais trop de temps à aller et venir. Vous ne sauriez pas où je pourrais passer la nuit ?

Elle souleva les épaules.

– Il y a bien chez moi, mais ce sera la buanderie. Le propriétaire y entasse des sacs de grains vides. Et ma foi, si ça vous convient !

– Ça ira. Mettez-moi un bol de soupe de côté, je vous paierai le cuvage et le manger.

Comme elle s'apprêtait à protester, il l'interrompit d'un geste et ajouta :

– C'est ainsi que se font les choses. Chacun en bave assez sur cette terre pour gagner trois sous, et ici peut-être plus qu'ailleurs. Mais ne m'attendez pas de bonne heure, par exemple ; je travaillerai jusqu'à la nuit.

– Alors à ce soir ! Ma maison est sur la droite, à l'entrée du village. Vous verrez, c'est la plus étroite, avec un étage. Devant, il y a un grand tilleul.

Il les regarda s'éloigner. L'enfant geignait toujours, tirait sa mère vers la plage.

– Comment vous appelez-vous ? lança Martial.

– Lucia ! Lucia Poncini !

« Italienne ! », se dit-il, admirant cette beauté brune.

Puis il se détourna et tenta d'évaluer l'ouvrage restant. Le troisième arbre demeurait quasi intact. Il sentit la colère le gagner.

– Bongen me met dans un beau cambouis, le salaud ! Les têtes devraient être de côté et réduites depuis longtemps ! grinça-t-il pour lui-même.

La hache frappa de nouveau.

Lucien Bongen ne parut pas de l'après-midi. Martial dut se résoudre à tirer seul, au prix d'efforts démesurés, les trois têtes hors de l'eau, puis il les débita, ne s'arrêtant que lorsque la pénombre eut définitivement escamoté la surface du lac. La lune y plongeait déjà les fondations d'une jetée imaginaire qui, selon la légende, permettait chaque nuit aux fées de passer à pied sec. Il rassembla ses outils, ferma son sac de cuir. Dix heures sonnaient au clocher. Là-haut, des étoiles s'allumaient. Il se mit en route pour Charbonnières.

2

Martial n'eut aucune peine à repérer la maison étroite devancée par le vieux tilleul. A l'étage, une clarté jaunâtre palpitait malgré le manque d'air. Après avoir déposé son attirail au bas de l'escalier, il gravit la quinzaine de marches. La porte était ouverte. Sur le mur du fond se découpait l'ombre démesurée d'une femme accoudée à la table. Martial fit un pas sur la marche de seuil, frappa. Une chaise racla le sol. Lucia parut, un châle de laine violet sur les épaules, couvrant pudiquement le haut de son corps revêtu d'une chemise de nuit laissant paraître ses chevilles. Ses longs cheveux bruns, défaits, tombaient jusqu'au bassin. Ses hanches balançaient sous l'étoffe de gros drap, souples, étroites. Ses bras, sortant de sous le châle, se croisaient sur sa poitrine, que Martial devina flotter, libérée de la pression du corset, comme si elle eût voulu en cacher la nudité. Lucia allait sans savates. Ses yeux émeraude fixaient le géant planté devant elle, quelque peu décontenancé par tant de grâce.

– Entrez, votre soupe est sur le feu, dit-elle doucement, indiquant du doigt une tenture de cretonne isolant le lit du reste de la pièce.

Martial fit un pas dans la cuisine. La flamme d'une lampe à alcool dansait au centre d'une longue table.

Un fourneau, une maie, un buffet bas et une horloge constituaient le mobilier de l'unique pièce. A la fenêtre pendaient des rideaux de voile blanc fraîchement repassés.

– J'ai eu du mal à l'endormir... D'habitude, je me couche en même temps que lui, dit-elle après avoir entrebâillé la tenture.

– Vous passez au lit de bonne heure !

– Que faire d'autre, seule, ou presque, une fois la nuit tombée ? Martin aime écouter le chant des grillons, regarder les étoiles, alors nous nous asseyons sur les marches. Il y resterait jusqu'au matin, si je ne le rentrais pas.

Elle posa sur la table un bol et une cuiller, puis la casserole de soupe, le pain, le sel. Martial, installé sur l'un des deux bancs courant le long de la table, percevait dans son dos le frottement mat des pieds nus de son hôtesse sur les dalles de lauze fraîches. Ouvrant le buffet, elle en rapporta un verre, une bouteille de vin et du fromage dans une assiette qu'elle plaça devant le bol.

– Qui est le propriétaire, ici ? demanda Martial, recherchant la conversation.

– Guérin, le marchand de grains de Saint-Georges.

Lucia s'était assise face à son invité, sur l'autre banc.

– Je le connais. Ce n'est pas un tendre.

Lucia, les yeux baissés, fit naître un maigre sourire sur ses lèvres, confessant quelque blessure.

– C'est le moins que l'on puisse dire, dit-elle imperceptiblement.

– C'est même une belle guenille ! renchérit Martial, heureux qu'elle partageât son avis. Ce n'est tout de même pas lui le... le père du gamin ?

Lucia fit non de la tête.

– Je ne sais pas pourquoi je me confie à vous, je

vous connais à peine et vous devez vous fiche pas mal de tout ça !

– Détrompez-vous ! C'est un peu comme si nous étions des amis. Et puis surtout, ça fait du bien de parler quand on en a gros sur le cœur. Disons que je passe par là au bon moment...

Lucia eut un petit sourire, haussa les épaules et ajouta d'une voix lasse :

– Il parle de nous expulser, si... si je ne deviens pas sa maîtresse.

Comme après chaque repas, Martial claqua la lame de son couteau, puis le fit tomber au fond de sa poche, avant de rouler une cigarette. Gestes enchaînés avec lenteur, signifiant qu'il prenait le temps de réfléchir. La jalousie s'était insidieusement emparée de lui. La pensée que Guérin pourrait tôt ou tard pétrir le corps de Lucia le répugnait au point de nourrir en lui une de ces colères sourdes qu'il se savait incapable de réfréner. Martial comprit à la seconde le danger qu'il courait, à présent qu'il avait croisé le chemin de Lucia. Malgré les années passées et la sagesse accumulée, son instinct, dont il avait eu souvent à pâtir, prenait le pas sur son intelligence, et il devrait lutter pour s'en protéger. « Bon Dieu ! songea-t-il, troublé. J'aurais mieux fait de roupiller à la belle étoile, près des billes de bois. »

– Quel triste sire, se contenta-t-il de dire.

Il était temps pour lui de descendre retrouver sa paillasse. Rester plus longtemps près de la jeune femme, qu'il considérait comme une victime, l'eût amené à jouer les défenseurs, rôle qu'elle ne semblait pas vouloir lui donner. « Elle est assez fière pour penser s'en tirer sans l'aide de personne », se dit-il encore.

D'un tiroir du buffet, Lucia sortit une bougie qu'elle jucha sur deux couvertures soigneusement pliées.

– Prenez la lampe, commanda-t-elle, je vais vous montrer où dormir.

Ils gagnèrent le cuvage, une pièce de petite dimension, sombre, voûtée, aux odeurs de grains et de poussière. Contre un des quatre murs, des sacs vides s'entassaient sur deux piles. Martial en descendit quelques-uns et tapissa le sol de plusieurs épaisseurs de toile de jute, puis étala une couverture. Lucia alluma la mèche d'amadou à la lampe, fit couler une petite flaque de cire sur une planchette, y trempa le cul de la bougie.

– J'espère que vous dormirez bien, soupira-t-elle, disposée à quitter l'endroit.

– Ne vous en faites pas.

Trois pas la menèrent au seuil de la porte.

– Le père de Martin est un nommé Richard, dit-elle à mi-voix, tournée vers le seuil. Un musicien, violoniste. Il va de village en village et n'a pas son pareil pour donner l'aubade à ces demoiselles. Moi, il ne m'a pas demandé mon avis...

– Vous voulez dire qu'il...

– C'était à la fête de Châtelguyon, un de ces bals organisés par la mairie, il y a six ans. Depuis, je ne l'ai jamais revu. Mais ce n'est pas entièrement sa faute, je croyais qu'il m'aimait.

– Avez-vous au moins essayé de savoir où il était ?

– Les premiers mois. Et puis...

Elle se tut, indiquant d'un geste que toute recherche était devenue inutile.

– Il est habile à séduire, reprit-elle ; les filles tombent dans ses bras comme des mouches. Sa musique est si douce, on ferme les yeux et on dirait qu'il joue rien que pour vous...

– Ouais, vous l'avez pas vu venir, quoi !

Lucia demeurait immobile, appuyée au chambranle de la porte. Son profil dansait à la lueur de la lampe, vif, saillant. Martial s'avança. Elle laissa les grosses mains de l'homme s'emparer des siennes.

– Si vous me le demandez, je... je vous aiderai, marmonna-t-il.

Martial tremblait, comme un soir de très grand froid, lorsque le vent hurle et crache sa haine des humains. Sa force contenue contractait son corps jusqu'à la douleur. A cet instant, son envie était grande d'aplatir Guérin et le violoneux. Il leva lentement ses mains ouvertes à hauteur de son visage déformé par la colère.

– Un mot de vous et jamais plus Guérin...

Ce fut au tour de Lucia de lui prendre les mains.

– N'allez pas gâcher votre vie, ce ne sont sans doute que des menaces en l'air. Nous verrons bien.

Elle reprit sa lampe. Parvenue à la première marche, elle se retourna, lui sourit. Puis il entendit ses pieds nus heurter la pierre de l'escalier.

La porte poussée, Martial s'allongea, joignit ses mains sous sa nuque. Par le fenestron barré d'un croisillon d'acier, il vit la lune sombrer dans un ciel maculé d'éclats lumineux. Il imagina la vie de cette femme, dans ce réduit aux allures d'habitation, en compagnie de ce gamin étrange. Dans sa jeunesse, il avait entendu les vieux raconter que de vilains parents font parfois des enfants beaux comme un premier matin de printemps – au bon vouloir de Dieu, semblaient-ils sous-entendre. Cela signifiait-il qu'un enfant laid, né d'une belle femme et d'un père inconnu, était l'œuvre du Diable ? Que venait donc faire Martin sur terre, avec ses yeux de batracien, sa bouche baveuse et ses cris de bête apeurée ? Se pouvait-il que l'amour nichât dans un corps aussi disgracieux ?

3

Martial fut debout dès quatre heures. Le bourg demeurait silencieux. Les premières lueurs dessinaient à l'est une nappe laiteuse au-dessus des collines. L'air était léger, sec ; idéal pour cogner la hache avant que tout ne grille à l'aplomb du soleil. Dans le lointain, des coqs se répondaient.

Son chantier atteint, il se mit aussitôt au travail. Le retard de la veille en partie rattrapé, il lui restait à achever de déraciner quatre arbres couchés en travers du tertre de tuf, à les rouler sur la plage, à les aligner contre les trois premiers fûts extirpés de l'eau puis débités en tronçons. Les pierres et les ronces, à cet endroit de la couronne volcanique, dressaient un rempart de mélasse herbeuse qu'il dut d'abord vaincre avant d'accéder aux racines mises à nu. Martial savourait ces moments d'extrême difficulté ; face à la nature, durant de longues heures, sa puissance s'exprimait sans qu'il eût à dépasser la mesure. Il commença par dégarnir les deux sapins plus branchus, qu'il laissa en milieu de matinée glabres comme une asperge allongée sur sa butte, puis en vint aux fayards. La résistance de cette variété de feuillus en pleine croissance, profondément ancrés, l'obligea à déployer sa force. Des feuilles ovales, vides de sève, des aiguilles friables matelassaient un sol moussu où des cupules éclatées s'étaient libérées de leurs faines. Martial aimait fouler cet humus forestier, sentir la souplesse des fibres mortes sous ses semelles, humer l'odeur de ce terreau et, chaque fois que le temps le lui permettait, la nuit, s'y abandonner au sommeil.

« Voilà quelque chose que Maria n'aimait pas, me voir dormir avec les chouettes et les renards, pensa-t-il. Il y a tellement de choses qu'elle n'aimait pas chez moi ! Mais je suis bien tranquille : même sans ça, tôt ou tard elle serait retournée vivre chez ses vieux. Trop de jeunesse peut pas tenir longtemps enterrée au fond d'une vallée ! »

Une à une, les racines du premier fayard cédèrent en une succession de craquements que le manque d'air répercuta au-delà du bois. Un tronçon du grand arbre roula en bas du tertre, que Martial dressa sur sa base et ceintura à bras-le-corps, fléchissant les genoux, puis transporta près des branchages entassés depuis la veille. La hache trancha encore dans l'écorce lisse couleur de cendre où couraient des lichens sombres. Un second cylindre de bois vint s'ajouter au tas. Bientôt ne resta plus que la souche aux ramifications édentées. Fichant des coins d'acier, Martial eut tôt fait de l'éclater par le milieu et de descendre les deux parties.

A l'approche de midi, entendant des cris d'enfant, il se redressa. Devinant la présence de Lucia et de Martin sur le chemin, il abandonna son travail et dévala jusqu'à la plage. N'était la soupe avalée la veille au soir, il n'avait rien dans le ventre et le temps lui durait de manger. Accroupi sur la rive, il commença par s'asperger le visage et le torse, puis appliqua le linge humide sur ses épaules que le soleil cuisait. Déjà Lucia abordait la clairière, un panier à la main, Martin dans ses pas. Près des billes,

Martial s'installa sous un dais de feuillage qu'étendaient trois ou quatre chênes immatures. La jeune femme sembla ravie de revoir son « locataire », comme elle-même le nomma. Il répondit par un sourire et une poignée de main.

– Vous n'avez pas trop mal dormi ? s'enquit-elle.

– Comme dans mon lit.

– Monsieur Lavédrine vous fait dire qu'il passera vous voir ce soir, en fin de journée.

Martial remercia. A cet instant, accrochant le regard de Lucia, il y décela une infinie tristesse, absente jusqu'alors, qui ternissait l'éclat de ses yeux. Elle tentait de la dissimuler en conservant une contenance joyeuse. Il se garda d'en faire la remarque, se contenta de prendre le panier et de saluer Martin d'un petit signe. L'enfant laissa échapper une plainte légère et se cacha derrière sa mère.

– Tu ne dis pas bonjour, Martin ? dit Lucia, ramenant son fils devant elle.

Manifestant son mécontentement, l'enfant courut aussitôt rejoindre la plage où, comme la veille, poussant des cris de joie, il lança de la terre et des graviers dans l'eau.

– Il est un peu sauvage, s'excusa-t-elle.

– Il ne me connaît pas. Avez-vous mangé ?

– Non, nous passerons à table à notre retour.

Martial entreprit de déballer le contenu du panier, but une rasade de vin au goulot et entama le pain. Lucia s'était assise sur un des tronçons de bois, ses mains reposant sur ses cuisses ; ses longs cheveux ruisselaient, couvrant la largeur de ses épaules. Elle se tenait droite, le menton à l'horizontale, les yeux immobiles ; autant de signes présumant un réel courage.

– Vos yeux ont la couleur du lac, murmura-t-il, mais pas seulement ; ils en ont aussi la profondeur...

Lucia fixait le miroir du gour, là où les arbres les plus proches de la rive trempaient leurs ombres tremblantes.

Il ajouta :

– Ils sont nombreux à s'être noyés dans ces eaux.

– Peut-être voulaient-ils en mesurer le fond ? dit-elle avec une pointe d'ironie, ayant saisi l'allusion.

D'un œil vif, Martial épiait le profil de Lucia. Il en était certain, désormais : quelque chose était arrivé qu'il pouvait lire sur son visage.

– Vous avez pleuré, affirma-t-il sans hausser la voix.

Lucia ne broncha pas. Maintenant, elle regardait Martin. Assis, jambes écartées, il rassemblait de la terre en petits tas devant lui.

– Ne venez pas ce soir, lâcha-t-elle, atone.

Ce fut au tour de Martial de demeurer sans réaction. « J'ai donc vu juste », pensa-t-il. Il termina son pain et son fromage, but une gorgée de vin. Une fois debout, sa cigarette allumée, il lui tendit le panier.

– Guérin, n'est-ce pas ?... C'est lui qui vous tourmente ?

– Martin ! Viens, nous partons ! cria-t-elle, debout.

– C'est Guérin, pas vrai ? répéta Martial, se faisant plus fort.

– Lui ou un autre, qu'est-ce que ça change ? Les hommes ont toujours profité des femmes, surtout de celles qui sont à leur merci. Seule, jamais il ne poserait les mains sur moi, jamais.

Elle aussi avait donné de la voix sur la dernière phrase. Se détachant de Martial, elle avança d'un pas décidé vers Martin qu'elle attrapa au passage pour l'entraîner sur le chemin. Sans doute l'enfant devina-t-il la colère de sa mère, puisqu'il n'émit aucune protestation, se laissant arracher à ses jeux. Martial fit quelques pas à hauteur des deux baraques construites de chaque côté du chemin débouchant sur la plage, mais n'alla pas au-delà. Lucia s'éloignait d'un pas rapide que Martin avait bien du mal à suivre. Il n'osa la rejoindre.

« Je ne pourrais que me répéter », pensa-t-il.

Il se vit très nettement saisir Lucia aux épaules, l'obliger à soutenir son regard et lui jurer qu'à compter d'aujourd'hui, elle ne devait plus craindre les menaces de quiconque.

« Mais ça, elle le sait déjà. Je ne l'intéresse pas, voilà tout. Qu'est-ce qu'un type comme moi peut espérer de cette belle fille ? Son violoneux doit être bougrement à la page ! Il doit avoir la langue bien pendue, des doigts fins et des manières de s'y prendre que je ne connais pas. »

Martial s'adossa à l'une des deux baraques. C'était des buvettes en rondins ouvertes aux promeneurs, le dimanche. Par beau temps, les tenanciers dressaient tables et chaises, des hommes et des femmes, bras nus, vêtus de maillots de bain ou de robes légères, venaient s'y asseoir. Depuis les congés payés, ils étaient nombreux, en août, qui plantaient à proximité du lac de drôles d'abris de toile triangulaires, d'un jaune pisseux, montés et démontés en un tournemain. Ils arrivaient par les cols, suant sang et eau sur des bécanes toutes flambantes, parfois à deux sur une seule, et déballaient un incroyable bazar qu'ils trimballaient dans des sacs tyroliens, comme ces verres et ces assiettes en tôle qu'ils rinçaient le soir dans l'eau du gour, avant de s'endormir en riant aux éclats dans des lits tendus sur une armature en ferraille.

Il rêva un instant de semaines de quarante heures, de samedis et de dimanches chômés, de vacances, de terrasses ensoleillées, de larges chapeaux de paille enrubannés pour Lucia, de robes échancrées en vichy, de casquettes en tweed et de chemises à carreaux pour lui, et même de ces pantalons ridicules, bouffant aux chevilles. Il vit la mer, son sable blanc, sa brise sauvage rejetant en arrière les cheveux des estivants, il vit tout ce qu'il n'avait jamais vu, un ciel lavé par des vents venus du large, une ligne d'horizon déserte, une eau irisée d'écume giflant des falaises de craie – qu'il désespérait de connaître un jour. Il releva la tête, contempla la surface du lac, immense et immuable pièce d'argent, inchangée depuis son enfance, mais aussi les arbres, couronne de verdure douce aux yeux, prolifique arboretum naturel peuplé des essences les plus variées, panières de bruyères, corbeilles de fougères, halliers touffus, boqueteaux d'arbousiers, anses de noisetiers, jusqu'aux flèches des résineux, aux potences des feuillus. « C'est là que je suis né », s'émut-il. Il regarda ses mains, au bout de ses bras, où sommeillait une force peu ordinaire. « Pas des mains, ça, grogna-t-il, des outils écorchés, ébréchés, mal entretenus, tout juste bonnes à... En tout cas pas faites pour caresser un ventre de femme, encore moins celui de Lucia. Maria disait qu'elle préférait sentir sur elle l'écorce des arbres, plutôt que mes taloches de maçon. »

Il eut un petit ricanement.

« Et puis je ne sais pas parler, enfin, pas comme il faudrait. Sans compter que j'ai, à ce qu'on dit, la tête vide comme une huche. En somme, je ne suis qu'un bestiau au cuir épais, pas même capable de reproduire... »

4

Martial sortit de sa léthargie, convaincu de ses extrêmes faiblesses. Il se pencha au-dessus du lac, aperçut son image que déformait l'onde ridée, sa chevelure hirsute, cet ensemble quelconque – résigné – qui formait son visage. Il songea amèrement qu'il n'avait pas grand-chose en commun avec les hommes nés pour le bonheur...

Et il reprit son ouvrage.

Comme convenu, Lavédrine passa en fin de journée. Le maire arriva par la rive – seul chemin possible, à moins de se risquer à descendre le lit du ruisseau de Rochegude, unique source se jetant dans le lac – sur laquelle il chercha sans y parvenir à identifier des pas de cheval ou des empreintes de pneus. Son étonnement fut grand de voir le derme de la terre meuble profondément scarifié par les troncs halés à l'écart, et les contours des pieds nus d'un homme allant et venant de la rive au tas de bois débité. « Comment s'y est-il pris pour tirer un poids pareil ? », se demanda-t-il. Il poursuivit sa marche en direction de Martial, qu'il entendait ahaner, l'acier de la hache sonnant clairement contre l'acier des coins. Le géant acheva de séparer une bille dans la longueur puis, les coins rejetés au pied d'un arbre, la hache plantée, il tendit la main au maire.

– Ça suffit pour aujourd'hui, fit-il, le souffle court.
– Dis donc, tu t'es pas amusé !
– J'étais pas là pour ça.
– A ce train, tu auras terminé demain !
– Dans l'après-midi, ce sera plié.
Lavédrine se retourna vers la plage.
– Comment as-tu fait pour sortir les têtes de l'eau ?
Martial ouvrit ses mains et, haussant les épaules, les offrit au regard du petit homme.
– A... à la main ? dit l'autre, abasourdi. Seul ?
– Il a bien fallu ! Bongen m'a fait faux bond...
Le maire recula et, plaçant ses poings sur ses hanches rondes, considéra Martial des pieds à la tête.
– Je te savais costaud, mais à ce point...
Il hocha la tête à plusieurs reprises, admiratif.
– Putain..., siffla Lavédrine entre ses dents.
Puis, réajustant sa casquette :
– Bon... A propos, la petite m'a dit que tu dormirais dans les bois, cette nuit.
– Ce ne sera pas la première fois !
– Tu ne préfères pas rentrer avec moi ? C'est pas la place qui manque à la maison.
– Non. J'ai posé une ligne, là-bas, dans les rochers ; c'est bien le Diable si j'attrape pas quelque chose ! J'ai du pain de midi et il me reste un peu de vin, je mangerai et je dormirai.
– Tu fais bien un beau sauvage ! Enfin, c'est toi qui vois. Dès que tu auras terminé, passe par chez nous prendre ton argent ; si je ne suis pas là, Louise te remettra l'enveloppe.
– Entendu.
Ils se serrèrent la main, puis Lavédrine s'éloigna et disparut dans l'anse de la plage, où il s'arrêta devant les billes entassées, encore stupéfait de la prouesse de Martial, accomplie sans autre aide que sa volonté.
Le jour déclinait. L'onde se teintait de reflets mordorés. A l'ouest, l'incendie enflammait les collines.

L'étouffante chaleur diminuait, un peu de fraîcheur permettait de respirer. Martial leva les yeux. De quelque côté qu'on tournât la tête, une lumière fauve coulait sur l'horizon ; peu à peu, la voie lactée se piquetait de minuscules éclats multicolores. « Il fera bon roupiller sous les étoiles », pensa-t-il, rasséréné à l'idée de pouvoir s'abandonner à la nuit.

Finalement, il se rendit près des rochers. La ligne relevée, il eut la satisfaction de retirer de l'eau un brochet de bonne taille qu'il ferait cuire sur la pierre, le temps de faire un peu de braise.

Alors que les copeaux de fayard mélangés à l'écorce de sapin se consumaient, sa pensée vagabonda jusqu'à Charbonnières, où Lucia se débattait seule face à la cruauté des hommes. Ce soir, surgissant de l'ombre, la bête, sous les traits de Guérin, la prendrait et lui arracherait le cœur et l'âme. Au matin, il ne resterait de la jeune femme qu'une enveloppe de chair vidée de sa substance amoureuse, un corps meurtri guidé par deux émeraudes ternes. Rageusement, Martial rafla sur le sol une branche qu'il brisa, comme il eût rompu l'échine de la bête...

5

Lucia régla la hauteur de la flamme et replaça le tube de verre. De volatiles virgules de suie s'échappèrent par l'orifice circulaire, diffusant une éphémère odeur de pétrole. La lampe suspendue à son clou se dandina un instant, projetant au plafond, sur les murs, des ombres fantomatiques que Martin, bouche bée, suivit des yeux. Puis, en glapissant, il fila à quatre pattes sous la table, s'immobilisa, imita l'aboiement d'un chien.

– ... irs !... irs !

– *Dris,* reprit Lucia après lui, le chien de monsieur Ameil s'appelle Dris. Allez, répète : dris, drrr, drrr... Drrriiis ! Allez, Martin, répète : Drrriiis !

Il la regarda, fit une de ses grimaces dont elle seule savait qu'elle était un sourire.

– ... sssous, aable ! able ! fit-il, ouvrant une bouche démesurée.

– Oui, le chien est sous la table, taa-ble. Et que fait-il lorsqu'il est en colère ?... Tu te rappelles, quand il montre les dents ? insista-t-elle. Tu le sais. Dis-le-moi !

– Boua ! Boua !..., s'exclama Martin, comme s'il venait de libérer une boule coincée au fond de sa gorge.

– Non, il a-boie. A-boie.

Mais l'enfant se mit à crier, se détourna et repartit se vautrer sur les dalles, oubliant le chien des voisins. Lucia esquissa une moue de découragement. Parlerait-il un jour ?

Ils terminaient de dîner lorsqu'elle tendit l'oreille. Un bruit venu de la cour l'avait alertée. Le temps de ranger, de faire un peu de vaisselle et il serait l'heure pour Martin de sortir s'asseoir sur la plus haute marche du perron, s'émerveiller du spectacle de milliers d'étoiles.

L'enfant prit la main de sa mère, l'attira au-dehors. La fragrance des seringas exalta ses sens ; il laissa les parfums l'envahir, abandonna sa tête aux mains et aux genoux de Lucia, pelotonna ses jambes, ses bras contre sa poitrine et, ainsi recroquevillé sur la pierre de l'escalier, fixa le ciel. Là, dans un silence absolu, l'enfant, à la recherche de son étoile, touchait à un monde subtil, visible de lui seul.

Lucia releva les yeux, fouilla la nuit, guettant la preuve de son malheur, ce bruit de pas écrasant le gravier entendu tout à l'heure. Mais nul indice ne lui parvint. Plus tard, par la rue sombre, des éclats de voix se firent plus distincts. Comme neuf heures sonnaient, on se saluait de maison à maison, des chiens aboyèrent qui ne sortirent pas Martin de ses rêves. L'heure était venue de quitter les bancs devant les portes et de passer au lit pour sombrer dans le sommeil. Les volets se fermèrent en grinçant sur leurs gonds, claquèrent les uns après les autres, puis ce fut de nouveau le silence.

Martin s'était endormi dans la chaleur de sa mère, épuisé par sa longue course entre les étoiles. Dans la pénombre, un frais sourire sur ses lèvres closes donnait à son visage une beauté que la nature lui avait refusée. Lucia posa une main sur sa poitrine ; le cœur de son enfant battait dans ce corps qu'elle désespérait de pouvoir un jour contempler sans remords. Elle avait eu Martin dans l'inconscience de ses vingt ans, éblouie, folle de bonheur d'appartenir à un homme dont elle n'avait su deviner les sentiments vagabonds. Maintenant, Martin existait. Il demeurait son enfant, petit fruit gâté né d'une passion unique, qu'elle se faisait un devoir d'élever en paiement de ce qu'elle-même nommait aujourd'hui ses « perversions ». Les larmes lui vinrent. Ce soir, un autre fouillerait en elle, sans grâce ; sans amour, il la retournerait comme on retourne une terre dont on se moque de respecter les fatigues ; prenant un plaisir longtemps convoité, il s'enivrerait de ses plus intimes secrets et la délaisserait sans un mot, persuadé de son bon droit.

Lucia sursauta. On bougeait dans la buanderie. Peut-être n'était-ce qu'un animal, se rassura-t-elle ; parfois, des chattes y venaient délivrer leur portée.

Elle enleva l'enfant dans ses bras, le déshabilla, le coucha. Elle aurait voulu qu'il s'éveille, la retienne, que ses pleurs, ses hurlements aient raison de l'impatience de *l'autre*, mais elle n'eut pas le cœur de le tirer de son sommeil. Elle l'embrassa, d'une caresse délicate rabattit son toupet de cheveux, le couvrit, fit glisser le rideau puis vint se planter au milieu de la pièce. Le matin, *l'autre* avait ordonné : « Tu descendras dès que ton gamin dormira ! » Le moment était venu.

Marche après marche, Lucia atteignit la buanderie. La porte entrebâillée s'ouvrit facilement. Le noir baignait la pièce poussiéreuse aux relents d'humidité. Elle dépassa le seuil, qu'un rayon de lune piquait sans rien montrer de l'intérieur. Quelques secondes encore et ses yeux s'habituèrent à l'obscurité. Son regard circula dans la pièce, vide.

« Et s'il avait eu un empêchement de dernière minute ? songea-t-elle soudain, retrouvant espoir. S'il avait dû venir, ne serait-il pas déjà là ?... »

Elle avança de deux pas. Le loquet se rabattit en tintant derrière elle. Instinctivement, Lucia croisa ses mains sur sa poitrine, le souffle coupé, parcourue d'un frisson glacial. Ne trouvant pas le courage de se retourner, elle ferma les yeux, demeura sans bouger, attendant de sentir l'haleine de *l'autre*, brûlante, précipitée, balayer sa nuque et ses épaules. Lucia se contracta, les jambes tremblantes, le dos douloureux. Les mains sur ses hanches, qu'il saisit brutalement, lui arrachèrent un cri d'oiseau étouffé.

Très vite, tout vacilla. Lucia sombra. Elle revoyait le visage creusé de Gina, sa mère, le regard insoutenable de Renzo, son père. Juges devenus bourreaux, ils n'avaient pas hésité à prononcer l'anathème contre leur fille, ennemie des lois catholiques. A une éducation ancestrale partagée équitablement entre une foi inébranlable, l'honneur et l'honnêteté – apanage des petites gens –, répondait l'infamie qui venait de salir un couple placé sous l'éternelle protection du signe de la croix. Égarée sur le chemin de ce Dieu que ses parents, soucieux des principes, modelaient à leur guise, exclue de la *sancta familia*, Lucia, seule, avait mis son enfant au monde. Depuis, l'ennui était son lot.

Après une errance de cinq années, durant lesquelles elle avait occupé des emplois de femme de chambre dans des hôtels saisonniers, ses maigres revenus suffisant à peine à couvrir les frais de nourrice, elle était arrivée au printemps 1937 à Charbonnières-les-Vieilles. Lavédrine, qui l'avait engagée comme bonne à tout faire, était intervenu auprès de Guérin, propriétaire d'une bicoque de deux pièces, dont l'une, au premier étage, sans eau, sans électricité, était inoccupée. Le marchand de grains avait-il vu l'avantage qu'il pourrait un jour ou l'autre tirer de cette fille abandonnée de tous ? Longtemps, il n'avait osé lui adresser la parole, impressionné par sa beauté, se contentant d'utiliser la buanderie comme dépôt. Il passait régulièrement entasser ou récupérer ses sacs, empochait chaque mois son loyer et s'en retournait sans un mot, selon son habitude. Jusqu'à ce jour de grande chaleur... Épuisé, il s'était décidé pour une sieste dans son local de Charbonnières, certain que personne ne viendrait le déranger. Lucia était entrée étaler quelques pommes sur des clisses d'osier suspendues. Ignorant sa présence, elle avait autorisé Martin à mener grand bruit, et l'avait tiré de son sommeil. Elle s'était excusée, mais trop timidement. Cet air contrit suffit-il à Guérin pour enfin oser lui adresser la parole ? Debout, rajustant ses nippes, il s'était attardé sur la silhouette de cette femme dont il voyait, à contre-jour, les formes harmonieuses musarder librement sous sa blouse légère.

– Je vais reprendre la pièce du haut, j'en ai besoin, avait-il asséné.

– Mais... vous n'avez pas le droit. Monsieur Lavédrine m'a dit...

– Lavédrine n'a rien à voir là-dedans. En tant que propriétaire, j'ai tous les droits et je fais ce que je veux. Et puis, il n'y a ni bail ni contrat, que je sache ! Et pour ce que ça me rapporte...

Deux ou trois pommes avaient roulé sur le sol de terre battue. Lucia ouvrit de grands yeux effrayés.

– Si vous voulez, je vous paierai davantage, avait-elle avancé, suppliante.

– Comment feras-tu ? Ce n'est pas avec ce que Lavédrine te donne que tu risques de t'en tirer !

Lucia n'avait su que répondre.

– Y a peut-être une solution... Tu es une fille plutôt agréable à regarder et... je me suis laissé dire que tu n'étais pas farouche quand il le fallait !

– Qui vous a dit ça ? s'était-elle insurgée. Vous ne me connaissez pas. D'ailleurs, ici, personne ne me connaît. Vous n'êtes qu'un menteur !

– Eh ! là, doucement ! Ne m'insulte pas, s'il te plaît. Je te donne une semaine pour réfléchir ; passé ce délai, si tu es tout pareillement disposée, tu pourras faire ton baluchon. Et pas la peine de compter te plaindre à Lavédrine ou à un autre, parce qu'ici, on sait fermer sa gueule, et c'est pas une roulure qui fera changer ça !

Il était sorti en riant, plein de dédain, bousculant Martin.

Le visage de Guérin n'avait cessé de la hanter depuis. La casquette enfoncée sur les sourcils, les joues lourdes, congestionnées, où couraient les poils d'une barbe irrégulière dissimulant les cicatrices d'une acné persistante, les petits yeux où la rouerie côtoyait la méchanceté. Ensemble disgracieux qui lui inspirait plus de dégoût que de peur.

Il était revenu dans les délais que lui-même avait fixés, un matin, avant que Lucia ne parte chez Lavédrine. Martin jouait sous le tilleul. A la vue de Guérin, il s'était précipité dans l'escalier en geignant. Sortie sur le perron, Lucia avait accroché les petits yeux de l'homme emplis d'envie et de ruse. S'étant arrêté au bas des marches, il lui avait dit d'une voix ferme qu'elle seule pouvait entendre :

– Tu descendras dès que ton gamin dormira. Je t'attendrai là-dedans. Si tu ne viens pas, je repasse demain et je vide ta cambuse !

Il s'en était allé, quelques sacs roulés sous le bras, de son pas tranquille jusqu'à sa voiture et avait démarré, le regard fixé sur la route.

A plusieurs reprises dans la matinée, elle avait été tentée de se confier à Lavédrine, mais finalement elle y avait renoncé, devinant que le maire, mis dans l'embarras, se garderait d'intervenir. Après tout, Guérin était maître chez lui, et de plus il ne relevait pas de sa circonscription. Et Martial ? Châtierait-il

Guérin comme il le méritait ? Ne s'était-il pas proposé de lui venir en aide ? Mais aussi, c'était prendre le risque de voir les ennuis lui retomber dessus, si d'aventure le colosse s'en mêlait ; furieux, Guérin ne se gênerait guère pour porter plainte contre elle. L'affaire venant à mal tourner, en plus des dommages et intérêts à verser au plaignant, qui sait si elle ne serait pas jetée quelques jours en prison ? Et alors, que deviendrait Martin ? Sans doute serait-il conduit à l'Assistance, et qui sait si on ne lui en retirerait pas la garde ?

Pour toutes ces raisons, Lucia avait choisi de se taire, menant son ouvrage ; elle avait demandé à Martial de ne pas venir à Charbonnières ce soir-là – qu'importe s'il en prenait ombrage –, et avait accepté de subir.

Un hurlement retentit à l'étage. Lucia tressaillit, agrippée à la toile rêche des sacs. Guérin l'avait découverte, les boutons et l'étoffe cédant sous la fougue de ses gestes incontrôlés. Il s'arrêta net, se releva, hagard, haletant. Le hurlement reprit, sembla se répandre sans fin dans la nuit, suivi d'un bruit de chaise renversée.

– Martin ! cria Lucia, se redressant.

Déjà des pas martelaient la pierre de l'escalier. Martin descendait, en pleurs, suffoquant, en proie à l'angoisse de l'obscurité et de la solitude. L'enfant apparut au seuil de la buanderie. Les larmes et la sueur ruisselaient sur son pauvre visage déformé par le chagrin.

– Ma... an ! Ma... an ! cria-t-il, désespéré, la voix secouée de sanglots.

Lucia se précipita.

– Martin !

Guérin, paniqué à l'idée de voir surgir des voisins, la rage au ventre, se rua au-dehors, ne se souciant nullement de bousculer l'enfant au passage. Soudain, les hurlements cessèrent comme ils avaient commencé : d'un coup. Soulevé de terre, Martin s'écroula sur les dalles de l'allée, sans connaissance. Guérin se retourna et, plissant ses petits yeux, lança sans plus se soucier d'être entendu du voisinage :

– Tu m'as eu, garce, mais sois tranquille, on se reverra !

6

Le gour somnolait paisiblement. Mais Martial, lui, ne dormait pas. Il pourrait ainsi témoigner qu'aucune fée ne traversait le lac à pied sec. Depuis un moment, il se demandait s'il devait se rendre à Charbonnières surveiller la maison de Lucia. « Après tout, elle sera peut-être contente de me voir débarquer, au cas où l'autre carne déciderait de l'emmerder ! », pensa-t-il, essayant de se convaincre. Une voiture lancée à pleine vitesse passa sur la route, tous phares allumés, venant de Charbonnières, en direction de Manzat. Comme s'il y avait vu un signe, Martial repoussa sa couverture, se mit debout, esquissa quelques mouvements d'assouplissement des épaules et gagna la rive. Une eau mourante se prélassait dans un faisceau de lune. Il y trempa la main à la recherche d'un peu de fraîcheur. A cet endroit, l'anse du lac, sous une avancée de la forêt, conservait une moiteur sans laquelle Martial se fût sans doute endormi comme un enfant. « De toute façon, je ne fermerai pas l'œil de la nuit, se dit-il, ravi de constater qu'aucune fatigue ne lui mordait les muscles du dos, des bras et des cuisses après ces deux journées harassantes. Plutôt que de me morfondre jusqu'au matin, mieux vaut aller faire un tour là-bas ! Et, si tout va bien, je ne serai pas obligé de me montrer ! »

Il s'en alla, hâtant le pas, satisfait de son choix, regrettant même de ne pas être parti dès la fin du jour. La masse sombre du village sommeillant dans cette nuit d'été se dessina bientôt au bout de la route. Martial entra, glissa silencieusement le long des murs. De l'autre côté, des chiens insomniaques donnèrent de la gueule. Sans qu'il pût deviner d'où cela provenait, un volet joua sur ses gonds. Réfugié dans l'ombre, tentant de dissimuler sa haute stature, il s'arrêta, écouta. Puis, le calme revenu, il repartit.

La silhouette du tilleul se découpait dans le clair-obscur ; à l'arrière se dressait la façade hâve et dépouillée de la maison. Martial entra dans la cour et observa, appuyé à l'arbre. Par l'unique fenêtre, une lueur dansait. Derrière les rideaux, il devina Lucia allant et venant de la table au lit. Ses mouvements semblaient vifs, désordonnés. Il fit encore deux ou trois pas, s'introduisit dans la buanderie par la porte ouverte. Les piles de sacs étaient défaites. On s'était allongé sur ces épaisseurs de chanvre chamboulées, se moquant bien de tout remettre en place. Il ressortit le corps tendu, la hargne dans le cœur, le sang bouillonnant aux tempes. « L'ordure, il est venu ! C'était lui, la camionnette que j'ai vue filer tout à l'heure sur la route ! Et moi, j'étais au bord du lac... », se reprochait-il, ivre de rage, les poings serrés. Aussitôt, il s'imagina face à Guérin, il lui faisait pisser le sang par tous les pores, le frappait encore jusqu'à le démantibuler morceau par morceau, l'abandonner les os broyés, roulé comme un chiffon.

Puis, il s'adossa contre le mur. La vision du corps sans vie de Guérin, faisant de lui un assassin, avait mis fin à ses pulsions meurtrières. Il expulsa une longue bouffée d'air, porta une main à sa poitrine, à son front ruisselant.

« Eh bien ! j'y vais pas avec le dos de la cuiller, se

dit-il, abasourdi. Me voilà prêt à tuer pour une femme que je ne connaissais pas il y a deux jours ! »

Il fit quelques pas, plongé dans la plus grande confusion.

« Mais je n'y peux rien, c'est comme ça. Ça ne se commande pas. La vérité, c'est que j'aime cette femme, et ça, bon Dieu, ça vaut toutes les explications ! »

De nouveau au pied de l'escalier, il leva les yeux vers le premier étage. Tout doute évacué, il monta lentement la quinzaine de marches.

– C'est Martial, chuchota-t-il enfin, collé à la porte.

Lucia se leva pour tourner la clef dans la serrure. Sa chevelure, retenue par un peigne sur sa nuque, pendait, hirsute ; ses paupières étaient gonflées par les pleurs. Elle s'écarta, sa belle silhouette écrasée par le chagrin.

– Mais qu'est-ce qu'il vous a fait ? Il vous a battue ? questionna Martial en lui prenant instinctivement les bras.

– Non, balbutia-t-elle, se contentant d'indiquer le lit où dormait Martin, la tête entourée d'un large bandage.

Martial s'avança au chevet de l'enfant.

– Il s'est endormi. Il a eu très mal, parvint-elle à articuler.

Ils revinrent s'asseoir à table, face à face. Lucia raconta, depuis le moment où elle était entrée dans la buanderie, jusqu'au départ de Guérin.

– Nom de Dieu ! dire que j'aurais pu être là, souffla Martial, se contenant pour ne pas hurler. Mais il ne perd rien pour attendre !

– Il a dit qu'il reviendrait, ajouta-t-elle encore, la voix hachée par les sanglots.

Martial, quittant sa place, vint se planter derrière Lucia. Son envie était forte de la saisir aux épaules, d'appliquer ses lèvres sur sa nuque et de lui montrer tout l'amour qu'il ressentait pour elle ; mais, devinant ce qu'elle avait enduré, il se ravisa, soucieux de ne pas ajouter à sa détresse, et se contenta de dire :

– Je vais vous faire une proposition, si vous voulez bien de mon aide. Vous y réfléchirez et vous me donnerez votre réponse demain. Moi, je m'arrangerai pour terminer mon ouvrage à midi. Je vous verrai chez Lavédrine quand je passerai chercher mon argent. Si vous êtes d'accord pour venir tous les deux habiter les bas-fonds, où vous n'aurez plus rien à craindre de Guérin, vous partirez avec moi. Une fois là-bas, j'enverrai quelqu'un chercher Fabre, le médecin de Saint-Georges, pour qu'il examine le petit.

Il s'interrompit. Lucia s'était levée, frileuse, mal assurée. Ses yeux disparaissaient derrière la buée opaque de ses larmes. Martial avança une main, en suspens, prêt à la soutenir.

– Mais, si je viens chez vous, dit-elle d'une voix dissonante, est-ce que... est-ce que je serai obligée de...

Martial avala sa salive. De sa réponse dépendait la décision de Lucia. D'un ton qu'il voulut le plus tempérant possible, il précisa :

– Vous n'avez rien à craindre de moi, nous ferons semblant... Réfléchissez. Maintenant, je prends votre couverture et m'en vais passer la nuit en bas. Dormez sur vos deux oreilles, y a pas de danger qu'on vous chicane !

7

Martial fut sur son chantier bien avant que le jour n'aiguise sa pointe. Désireux d'en finir au plus vite, la hache sonna sans relâche sur les coins, éclatant les troncs, troublant le sommeil de la forêt. Il frappa au comble de sa résistance, sans connaître le repos, jusqu'en milieu de matinée, et ne releva la tête que lorsque la dernière souche fut proprement pourfendue et traînée sur la plage.

Alors il put s'asseoir un moment, s'accorder de respirer et rouler un peu de tabac, tout en réfléchissant à ce que serait sa vie si Lucia acceptait sa proposition. Rejetant des jets de fumée, il porta son regard par-delà les collines où son avenir semblait se décider dans un ciel déjà porté à blanc. Ce qu'il redoutait dans ces tractations cosmiques, ce n'était pas que le voisinage offusqué s'empressât de colporter la nouvelle aux quatre bouts du canton, ce dont il se moquait éperdument, n'ayant, depuis le départ de Maria, plus aucun compte à rendre à personne, pas même à sa mère, partie vivre au hameau de Queuillette depuis la mort du père. Non, il craignait davantage la présence de la jeune femme, étendue chaque nuit sur une paillasse seulement séparée de la sienne par ce qu'il eût été abusif d'appeler une table de chevet. Son ardente beauté – à sa vue, le

Diable lui-même implorerait Dieu de l'aider à sa conquête –, il en était certain, lui inspirerait des ardeurs qu'il se savait incapable de maîtriser. Cependant, l'image de Guérin abusant de Lucia demeurait en lui comme une plaie profonde ; un fiel meurtrier agitait sa grande carcasse qu'il ne parvenait pas à éliminer. Il ruminait sa vengeance. La haine, ce sentiment inconnu de lui, roulait désormais dans ses veines, puissante comme un torrent de montagne.

Il remonta vers Charbonnières sans attendre midi. Son chantier était achevé, les arbres débités gisaient entassés comme convenu sur la plage. Il quitta les berges du lac, abandonna le cratère sauvage pour d'autres lieux, d'autres travaux. A l'approche des moissons, il n'aurait que l'embarras du choix pour se louer chez l'un ou chez l'autre et être, l'été durant, le témoin de la course du soleil.

Louise, la femme de Lavédrine, lui ouvrit. De petite taille, le visage rebondi, grasse et large, vêtue d'une robe fleurie s'arrêtant à mi-mollets, elle le précéda dans le couloir débouchant sur la salle commune. Un mobilier rustique et opulent trahissait l'aisance de cette famille. Maires du village de père en fils, toujours sur les bonnes affaires, les Lavédrine, paysans matois, avaient su, génération après génération, amasser une fortune qui les plaçait aujourd'hui à l'abri des difficultés que la plupart des éleveurs, dépendant des cours de la viande, rencontraient d'année en année.

Martial ne se sentait pas à son aise chez ces embourgeoisés. Trop de clinquant et de mauvais goût, résultat d'origines mal digérées.

– Eh bien ! entrez, asseyez-vous. Paul ne va plus tarder, il m'a demandé de vous retenir. Je crois qu'il veut vous parler, fit Louise sèchement, un sourire mal accroché.

Pris en flagrant délit de timidité, Martial sentit une bouffée de chaleur empourprer ses joues. Il s'en voulut de ne pas oser réclamer son enveloppe et de gagner la sortie pour attendre Lucia, qu'il venait d'apercevoir dans le fond de la cour, étendant les draps de la maison.

« Qu'est-ce qu'il me veut, le Paul ? se demanda-t-il. J'ai fini mon boulot, qu'il me paye et bonsoir ! »

– Désirez-vous boire quelque chose ? Un verre de vin, peut-être ? Vous devez aimer ça, le vin ! affirma Louise, heureuse d'en imposer à ce géant incapable de faire un pas.

– De l'eau, dans un grand verre, répondit sèchement Martial, agacé par les manières de la grosse femme.

« C'est né entre deux vaches, pensa-t-il, et ça voudrait faire croire que ça descend de la cuisse de Jupiter. Pauvre dinde ! Si elle se voyait, dans cette robe qui lui moule son gros cul ! »

Louise disparut et revint aussitôt avec un verre d'eau qu'elle déposa à l'angle de la grande table. Puis, elle s'assit près de la fenêtre. Sans doute était-ce là son poste d'observation favori ; le rideau relevé dévoilait la cour où s'activait le personnel allant et venant dans les communs. Martial écouta la pendule battre le temps, refusant de prendre une chaise à l'invite de Louise, oubliant de porter le verre à ses lèvres. Il attendit, debout, les mains au fond des poches, jusqu'à ce que la maîtresse de maison, quittant enfin sa place, annonce l'arrivée de Paul.

Une Renault crachant une fumée noire venait de se ranger devant la fenêtre. Lavédrine en sortit et se rua dans le couloir.

– Il est encore là ? gueula-t-il sitôt la porte franchie.

– Mais oui, mais oui, il t'attend, lui répondit Louise.

– Lui as-tu remis son enveloppe ?

– Non...

– Non ! Et alors, qu'attends-tu ? Il l'a bien méritée, crois-moi !

Puis, s'adressant à Martial :

– Je suis passé à Tazenat, pensant te trouver. Décidément, tu as fait un sacré travail ! Tu as commencé en retard et voilà que tu termines avec de l'avance. Tu peux te vanter de m'en boucher un coin ! Jamais vu un gaillard pareil ! En septembre, j'aurai d'autres coupes à te proposer, aux Chanôts, mais cette fois pas pour la commune, pour moi.

Martial écoutait pleuvoir les compliments sans broncher, ne pensant plus qu'à retrouver Lucia et se mettre en route. Mais, sur un signe de tête de Louise, Lavédrine reprit avec quelque embarras :

– Oui, euh... à propos, la petite nous a raconté qu'elle partait avec toi... C'est pas des histoires ? Tu l'emmènes donc à Moignoux ?

– Ma foi... si elle a décidé de venir...

Martial se tourna vers le maire. Le petit homme disparut complètement dans l'ombre du colosse.

– Figure-toi que quelqu'un lui veut du mal, reprit-il, le regard assombri par la haine. Tu n'as pas une petite idée de qui je veux parler ?

– Pas la moindre ! mentit Lavédrine.

– Allons, cherche un peu. Tiens, je vais te mettre sur la voie : c'est quelqu'un d'assez lâche pour s'en prendre à une femme seule avec un enfant. Tu vois toujours pas ? Quelqu'un de suffisamment malhonnête d'un bout de l'année à l'autre pour retirer un kilo de grain par sac au moment de les livrer ! Tu en connais combien, toi, qui peuvent faire ce genre de saloperies ?

Le petit homme se racla la gorge.

– Tu... Tu veux parler de Guérin ? Mais pourquoi ne m'a-t-elle rien dit ? Je l'aurais... J'aurais...

– Rien du tout ! T'aurais rien fait du tout ! Ni toi, ni personne ! Hier au soir, quand son gamin a hurlé, qui lui est venu en aide ? Pourtant, vous avez été plusieurs à l'entendre ! Mais pas un n'a bougé !

Martial tourna sur lui-même, laissant pendre ses grands bras le long de son corps – sa voix avait tonné comme l'orage –, et fit quelques pas dans le couloir, animé par une sourde colère. Paul Lavédrine baissa les yeux ; Martial disait vrai, et il le savait. La veille, comme Louise, il avait bel et bien entendu les cris d'un enfant déchirer la nuit, la voix menaçante d'un homme s'élever par-dessus les toits, une portière claquer, une voiture se sauver. Mais tout avait été si rapide ! Ils s'étaient regardés, puis Louise avait pressé la poire du cordon électrique et ils s'étaient endormis comme les autres soirs.

Le maire prit l'enveloppe des mains de sa femme et la tendit à Martial.

– Veux-tu que je... vous ramène ? demanda-t-il d'une voix que le remords rétrécissait.

– Pourquoi pas ! Le petit est pas tellement vaillant.

Puis, à l'adresse de Louise, il ajouta :

– Prévenez-la de rassembler ses affaires, on ne va plus tarder.

Les journaliers, pressés de gagner la fraîcheur de la salle basse où se prenaient les repas des employés, avaient déserté la cour, où vaquait maintenant la volaille. Le soleil, piqué sur les hauts pignons des bâtiments, dessinait de larges taches d'ombre dans la lumière crue de midi. Martial récupéra son sac d'outillage et le déposa dans la malle de la voiture. Lucia arrivait. Ils se saluèrent à leur façon, d'un sourire bref, timide. Elle voulut ouvrir la bouche, sans doute souhaitait-elle expliquer ce qu'il était devenu bien inutile d'expliquer, mais aussitôt son visage se rembrunit. Martin, accroché à son cou, bredouillait en geignant.

– Je crains qu'il ait de la fièvre, dit-elle, la peur au fond des yeux.

Martial s'approcha, posa son énorme patte sur le bandage de l'enfant, essaya de se montrer rassurant.

– Lavédrine nous déposera directement chez Fabre. Vous en faites pas, les petits ont la tête dure.

Lucia s'installa sur la banquette arrière, Martin pressé contre elle. Lavédrine roula doucement jusqu'à Saint-Georges-de-Mons, où il s'arrêta devant la plaque du docteur Fabre. Martial descendit tirer la sonnette. Une femme d'une extrême maigreur, noire de peau, se présenta à la porte, puis fit un pas en arrière à la vue de cette montagne humaine. Investi de son rôle de protecteur, Martial exagéra l'urgence. Le médecin devait à tout prix examiner l'enfant couché dans la voiture.

– Mais le docteur est à table ! protesta la femme de sa voix aigre, glissant ses mains dans la poche de son tablier. Vous repasserez bien un peu plus tard, c'est sûrement pas si grave !

Martial considéra cette drôle de femme plantée devant lui. « Crasseuse comme le cul d'un chaudron ! », songea-t-il, amusé, ne sachant s'il devait la saisir par un abattis et la jeter dehors, ou, tout en douceur, tenter encore une fois de se faire entendre. Calant sa carrure dans l'encadrement de la porte, il la fixa, s'efforçant de faire disparaître de son visage toute trace de sentiment humain. Que lut-elle, dans le regard du géant, qui la subjugua et la convainquit ? Changeant soudain de ton, elle décréta que Fabre, toujours soucieux de prodiguer ses soins, quittait volontiers la table pour un cas d'extrême urgence.

Fabre examina Martin. La plaie suppurait, mais, proprement désinfectée après le choc, elle ne présentait pas de danger, et sa cicatrisation ne faisait aucun doute. Le risque de lésion inquiétait davantage le médecin.

– Il en est quitte pour une belle bosse et sans doute un petit traumatisme crânien, diagnostiqua-t-il tout en rasant les cheveux autour de la blessure. Mais fort heureusement sans vomissement, me dites-vous.

Il termina d'appliquer un pansement propre et fit signe à Lucia qu'elle pouvait reprendre Martin, plongé dans une demi-catalepsie que lui inspirait l'homme en blouse blanche.

– Plus de peur que de mal, je pense, conclut Fabre, les mains sous le robinet. Tout de même, je passerai demain lui faire une petite visite. Ce jeune homme devra observer un repos complet, à savoir : rester couché, ne pas bouger et absorber essentiellement du liquide. Comment est-ce arrivé ?

– Il... Il se balançait sur une chaise, il est tombé à la renverse, sa tête a heurté l'angle du mur, s'empressa de dire Lucia, paniquée à l'idée que Martial ne dise la vérité.

Fabre hocha la tête ; puis il voulut savoir où demeurait l'enfant. Martial lui expliqua qu'il suffisait de suivre le chemin de terre après Vitrac, de descendre plus bas que Moignoux et de longer les berges de la Sioule en direction du barrage.

C'est là que Lavédrine les déposa et les abandonna une demi-heure plus tard.

La maison trempait dans l'ombre de grands arbres enracinés à l'aplomb d'un ressac de roche. Une lourde chape de silence pesait sur les lieux, impressionnants pour qui les découvrait la première fois. La majesté sauvage du site surprit Lucia, qui demeura un instant à l'admirer. En retrait, Martial guettait la jeune femme du coin de l'œil, ravi de lui offrir son unique richesse. C'est ma terre, semblait-il lui dire, mais maintenant, c'est aussi la vôtre. Lucia se retourna. Ses yeux portaient les traces d'une émotion qui la comblait de bonheur.

– Voilà, marmonna le géant, ne sachant où fourrer ses mains. Vous êtes chez vous. Évidemment, c'est un peu loin de tout. Pour y venir, ça descend autant que ça monte pour s'en retourner, mais ici, la paix se règle comptant. Et puis, reprit-il, enthousiaste, je vais acheter une moto, avec un side-car ; il y a longtemps que je veux le faire, maintenant c'est décidé, comme ça, pour les courses... les promenades...

Lucia se contenta de sourire, émue par tant de bienveillance et de maladresse. Devait-elle s'en plaindre ? Sans doute pas, puisqu'un homme, enfin, qui n'était pas son père, lui portait attention et respect. Martial avait pour lui, en plus de sa carrure rassurante, cet air dolent qu'ont souvent les êtres au regard franc, donnant l'impression de sortir tout droit d'un des replis de la terre, battus à même la pierre sous le fer de la vie, heureux de composer avec la nature et les choses. C'est donc de bonne grâce qu'elle franchit la porte de la modeste baraque, allongea Martin sur l'unique lit, puis, bientôt, épuisée par les brûlures de l'été, se laissa emporter par le sommeil.

Martial profita de l'après-midi pour faire provision de pommes de terre et de pieds de salade dans le potager que son père louait déjà, lorsqu'il était enfant, aux Pic, famille de Moignoux. De retour, il releva les nasses posées la veille de son départ pour Tazenat. Dans l'une d'elles, une truite trop longtemps prisonnière de la maille avait subi l'acharnement carnassier d'une escouade d'écrevisses. A leur tour victimes des tresses métalliques du piège, les crustacés feraient les délices du souper.

8

Martin dormait encore, à plat dos, comme un nourrisson, les jambes repliées, poings fermés. Sa tête bandée émergeait de l'ombre épaisse de la pièce. Lucia, sur le côté, alanguie, sommeillait le corps vrillé, la blouse relevée à mi-cuisse, sa chevelure étalée sur l'oreiller, en éventail. Martial ne se priva pas de caresser du regard ces courbes qui semblaient avoir été dessinées d'un trait, et dont la pureté lui inspirait de sourdes pulsions, puis il se ressaisit, referma lentement la porte et s'éloigna sur le chemin chercher du petit bois, se retournant tous les quinze ou vingt pas, comme pour vérifier que son bonheur ne s'était pas envolé. La baraque, bâtie en bonne pierre de lave, recouverte d'ardoises, était en retrait d'un petit appendice nommé la « Queue de Moignoux » que faisait la rivière en contrebas du hameau. L'intérieur était idéalement tempéré, été comme hiver, à l'abri des arches de feuillages. On y dormait isolé des regards par un rideau en coutil rêche, séparation sommaire entre la partie réservée au coucher et le reste de la pièce. Un âtre large et trapu, maculé de suie, endeuillait l'un des murs, contre lequel s'adossait un poêle à bois.

Dès son réveil, Lucia rangea son peu d'effets personnels, puis entreprit de consoler Martin, qui ne comprenait pas pourquoi il devait garder le lit. En milieu d'après-midi, une lumière déclinante dansait au-dehors ; sous les arbres, d'espiègles taches claires voltigeaient entre les feuilles, que déplaçait doucement un flux apathique. L'air se faisait plus doux à la gorge et au nez ; une brise de fin de jour s'était levée. Dans une heure, il ferait bon respirer. Assise sur les berges, Lucia contempla la Sioule. La rivière scintillait dans le couchant. Elle demeura longtemps à regarder l'eau, égarée dans ses pensées. Jusqu'à ce que Martin, depuis son lit, hurlant sa peur de la solitude, ne l'oblige à rentrer.

Martial revint le dos chargé de branchages, quelques minutes avant qu'une camionnette ne vienne se ranger au bas des marches conduisant à l'auvent. Lucien Bongen s'en extirpa, la face cramoisie par la chaleur, le maillot de corps épousant ses formes opulentes, luisant de sueur. Faisant glisser son béret de côté il épongea son crâne chauve, passant et repassant un mouchoir. D'une torsion des hanches, le pouce et l'index de chaque main coincés dans la ceinture, il remonta son pantalon fuyant sous son ventre. Puis son visage se fendit d'un sourire niais.

– On raconte que tu as installé une femme chez toi, insinua-t-il, goguenard.

– Ah, c'est pour ça que tu es là ?

Pour toute réponse Bongen grimaça, agitant sa grosse bouille ronde de droite à gauche.

– Voyez-vous, reprit Martial à l'attention de Lucia, apparue au seuil de la porte, demain, à Vitrac, à Saint-Georges, aux Ancizes, partout, on dira que le Martial Flora a attiré une jeunesse dans les bas-fonds !

– C'est Maria qui va faire un drôle de nez, quand elle saura ! ajouta Lucien Bongen, plissant les yeux.

– Occupe-toi de ce qui te regarde ! répliqua brutalement Martial, et dis-moi plutôt pourquoi je t'ai attendu tout un jour à Tazenat ?

Bongen écarta les bras.

– Je t'ai oublié, avoua-t-il à demi-mot.

Martial eut un petit ricanement dédaigneux.

– On voit que tu n'as pas besoin de te baisser bien bas pour manger ! J'aurais dû me douter que je ne pouvais pas compter sur un benêt de ton espèce. Allez, maintenant que tu as vu ce que tu voulais voir, rentre chez toi !

Lucien Bongen se dandina d'un pied sur l'autre, penaud de s'être fait moucher en présence de cette femme dont la beauté pinçait son cœur de gros timide. Lucien était un garçon de trente ans à peine, replet, le teint rosé, et peu sûr de lui, ménagé depuis le berceau par une mère qui avait fait de son unique enfant mâle un chérubin attardé. Lucien pesta intérieurement contre sa tête « souvent plus vide que ses journées », selon l'expression de son père. Martial seul, dans la commune, ne prenait pas un malin plaisir à le brocarder lorsqu'il tentait de se joindre aux jeunes gens de son âge, le dimanche, au café. Même sa mère, persuadée de faire le bonheur de son fils, ne comprenait pas comme Martial combien Lucien souffrait de ne pouvoir jouir de la considération que les autres hommes s'accordaient entre eux ; aussi, être l'ami de celui que chacun redoutait pour sa force lui donnait un peu de ce sentiment de virilité. Devant Lucia, qu'il ne cessait d'épier du coin de l'œil, Lucien avait espéré que Martial lui ferait un compliment. Après tout, n'était-il pas capable, à l'occasion, d'en remontrer aux farceurs et autres bavards ? Non, il n'était pas qu'une « tête sans cervelle », comme tous s'accordaient à le penser, quand on ne le traitait pas de « tête d'ampoule » ou de « boule de billard »...

Durant de longues minutes, Lucia et Martial écoutèrent le moteur de la camionnette peiner dans les lacets de la route grimpant vers Vitrac, puis ce fut le silence. Lucia imagina Lucien Bongen, là-haut, sur le plateau, filant sur la route de Saint-Georges, maudissant Martial de l'avoir rabroué plus bêtement qu'un enfant, et renvoyé comme on ordonne à un chien de regagner sa paillasse.

Elle pensa alors que ce gros garçon inoffensif, muré dans sa rancœur, chercherait peut-être, un jour, à se venger...

9

Ils avaient dîné, la porte grande ouverte sur la forêt et ses bruits insolites. Peu à peu, la fraîcheur de la nuit avait ragaillardi la vallée. Il en serait ainsi jusqu'à la pique du jour. Déjà, la veille, Martial avait renoncé à installer une couche près du grand lit, à s'allonger près de cette femme et à s'endormir en feignant l'indifférence. Malgré les protestations de Lucia, il avait jugé préférable de s'aménager un emplacement à l'abri de la charmille, entre mousses et fougères. L'heure était venue où la pénombre livrait ses mystères sous un chapiteau d'étoiles reposant à la pointe des arbres, où la rivière transformait des reliquats de lune dépolie en des fragments de miroirs scintillants ; au plus large de son cours, de vifs clapotis ponctuaient le saut d'un brochet, d'une carpe. Étendu, Martial imaginait le ballet des ondes concentriques, évaluait la taille, le poids de la bête.

Demain, réfléchit-il plus sérieusement, il lui faudrait s'organiser, aller aux Ancizes, chez Pagnol, acheter ce fameux side-car. Ensuite, sans tarder, chercher un travail ; la saison à l'avancement amenuisait les possibilités de se louer. Pour cela, il se hâterait du côté de Courteix ; il ne doutait pas que le père Barand l'accueillerait à bras ouverts, trop vieux pour mener seul son exploitation, et ne demanderait pas mieux que de confier le plus gros de l'ouvrage à un solide commis. Martial calcula qu'il pourrait même s'aménager des demi-journées, lui laissant peut-être assez de temps pour prévenir les désirs de Lucia. Réflexions qui, finalement, l'entraînèrent dans le sommeil.

Le jour blanchissait lorsqu'il s'éveilla. Comme souvent à cette époque de l'année, la Sioule disparaissait sous un édredon de brume matinale. Il ne fallait guère espérer distinguer la forêt avant que le soleil ait dissipé les derniers bonnets de vapeur accrochés à la cime des grands arbres. Ne voulant pas réveiller Lucia et Martin, il s'attarda sur les berges, envahies d'herbes de bordures. La vie reprenait parmi les joncs où roulait une vase légère. Puis, d'un coup, il décida de se mettre en route pour les Ancizes. « Autant le faire maintenant, se dit-il soudain, saisi d'impatience, on ne sait jamais ; à trop attendre, l'occasion pourrait me passer sous le nez ! » Sa cagnotte récupérée derrière une pierre descellée dans l'un des murs intérieurs, Martial attrapa sa veste et se jeta dans la coursière.

Au pas de course, il atteignit Vitrac hors d'haleine, reprit son souffle en direction de Saint-Georges et se fit déposer par un camionneur devant la vitrine de Jules Pagnol. La René-Gillet 1930, type G.1. 750, solidaire d'un étrange berceau caréné à une roue, équipé d'un pare-brise afin d'améliorer le confort du passager, était telle qu'il l'avait vue un mois auparavant : rutilante, magnifique. Martial ne doutait pas, malgré l'apparente fragilité – l'élégance de la ligne le laissait supposer –, que la machine fût puissante, robuste, et qu'elle eût une bonne tenue de route.

Martin s'éveilla bien avant sa mère, la tête pesante après tant d'heures passées allongé. Se traînant au bas du lit, il se dressa sur ses jambes et sortit explorer les environs, dont il ne connaissait rien depuis son arrivée. Le soleil perçait. De filiformes colonnes de lumière, formant un péristyle, plongeaient depuis les cieux pers. Le fronton de la forêt en était tout illuminé. La rivière se révélait. Les bas-fonds ne furent bientôt plus qu'un enchantement de sons, de parfums et d'écarts lumineux. Martin ne s'inquiéta pas ; au contraire, la découverte de ce monde nouveau le subjuguait. Jamais on ne lui avait permis d'assister tôt le matin à semblable féerie, jamais non plus il n'était allé, seul, aussi loin en forêt, et, bien qu'on ne lui reconnût que peu de capacité à raisonner, il sentit qu'il touchait là, sans le recours des mots, intuitivement, à une des formes de la grandeur. Son petit corps, parcouru d'un long frisson, en fut chaviré ; exprimant, à sa façon, le souhait de retenir cette impalpable sensation de bonheur, il saisit le pyjama de ses mains maladroites, étreignit les revers de la veste sur son cœur, puis, levant un doigt, il marmonna :

– M... man !

Martin s'engagea sur le chemin, atteignit les premiers lacets, entre la maison, dont le toit tanguait sous les feuilles, et Moignoux. Un peu de salive apparut à la commissure de ses lèvres ; ses cheveux dressés, suite à un trop long séjour sur l'oreiller, accentuaient la platitude de son visage couleur de lait. Martin porta une main à sa poitrine, où couvait un petit feu. Son cœur cognait. Ignorant le hameau sur sa gauche, il poursuivit sa course. D'autres lacets le menèrent à mi-pente du plateau ; au-dessus, Vitrac se dressait. Le clocher sonna, hors de sa vue. « Cl... oche ! Cl... oche ! », parvint-il à hurler, comblé.

Mais très vite, une douleur vive noua les muscles de ses jambes, brûla ses poumons. Encore quelques mètres et Martin, asphyxié, entraîné par son gros derrière, se laissa choir au milieu du chemin. Peu à peu, ses forces l'avaient abandonné, le sang tambourinait à ses tempes. Soudain pris de panique, égaré, des larmes emplirent ses yeux. Puis il s'affaissa tout entier, roula de côté. Par sa bouche ouverte, un imperceptible feulement s'envola.

Plus haut, le clocher de Vitrac répétait les huit coups de ce début de matinée.

10

Le moteur tournait rond. Du bout de son godillot, Martial abaissa le sélecteur de la boîte et prit lentement de la vitesse. Jules Pagnol, poings sur les hanches, regarda la lourde machine s'éloigner, ravi de cette vente matinale conclue tambour battant. Martial serrait si fort le guidon que tous les cahots de la chaussée parcouraient son corps de vibrations.

– Bon Dieu ! pesta-t-il. A ce train-là, je vais partir en morceaux ! J'avais oublié que ça secouait à ce point...

Il traversa Saint-Georges d'un trait sous les yeux de quelques badauds interloqués, avala les trois kilomètres le séparant de Vitrac en un clin d'œil et plongea en direction des bas-fonds. Le soleil tapait fort sur la forêt et la rivière. La journée, semblable aux précédentes, serait un brasier ; déjà, la chaleur plombait les gorges, s'immisçait dans l'ombre. Martial engagea la Gillet en première dans la descente, avec une prudence de néophyte. Puis, plein d'une assurance feinte, il passa la deuxième et s'enhardit à accélérer.

C'est d'assez loin qu'il aperçut cette forme sur la chaussée. Il crut d'abord à un animal couché, incontournable. Martial immobilisa le side-car, debout sur le frein à pied. D'informe, la chose devint identifiable.

– Nom de Dieu ! gueula-t-il, affolé.

Il mit pied à terre. Agenouillé au-dessus de l'enfant, il hésita à le bouger. Ses grosses pattes aveugles tâtèrent un instant le corps inerte de Martin. Il fut rassuré de constater que le bandage à hauteur de la plaie était immaculé. Finalement, il souleva Martin pour le placer contre sa poitrine.

– Eh, petit !... Martin !... Oh, réponds-moi !... Martin, tu m'entends ? murmura-t-il à son oreille.

Martial regarda autour de lui.

– Qu'est-ce qu'il fout là, tout seul ? Lucia ?... Lucia !...

Mais les bois demeurèrent muets.

Fou d'inquiétude, il installa Martin sur le siège du side car, convaincu de devoir agir vite, et se laissa rouler vers la maison. Le lit était vide. Martial étendit l'enfant qui gémissait dans son sommeil. Il ressortit, appela encore. Lucia revenait du barrage, bouleversée par cette disparition. Les traits tirés par la peur, les joues creusées, de grosses larmes coulaient sur le coton de sa chemise de nuit.

– Il est là ! cria Martial.

A bout de forces, elle reprit sa course jusqu'à lui, et c'est dans ses bras qu'elle s'effondra.

– Il va bien, ne vous en faites plus, la rassura-t-il. Je l'ai trouvé par là-haut, endormi sur le chemin.

Il enlaça Lucia aux épaules. Instant privilégié. Il pouvait sentir sous la fine trame de tissu l'extrême fragilité de ce corps soufflé par un maître verrier, que les sanglots menaçaient de briser, s'il ne l'eut retenue entre ses mains tremblantes. Lentement, Lucia se reprit, se détacha. Rentrée dans la maison, elle constata avec bonheur la régularité du souffle de Martin.

– J'ai eu si peur, lâcha-t-elle enfin. J'ai même imaginé qu'il s'était noyé en jouant près de l'eau.

– Une lubie lui sera passée par la tête ! Moi aussi, j'en suis quitte pour une belle trouille.

Elle sortit sur le seuil, poussée par une envie d'air, de lumière ; dehors, elle s'assit sur les marches. Un hâle brunissait de nouveau son visage ; ses bras, ses jambes ne tremblaient plus. Apaisée, elle releva la tête, reprenant forces et couleurs. Les heures défileraient, lui rendraient le calme. Martial lui proposa un bol de café, qu'elle accepta, puis il lui fit voir la moto, l'assit dans le side-car. Martin pourrait-il venir avec eux ? Martial le lui assura.

– D'ailleurs, dès que Fabre autorisera le petit à se lever, nous irons faire une virée, ajouta-t-il.

Elle parut heureuse. Encore une fois les événements lui prouvaient que sa tranquillité était liée à ce géant pétri de bonnes intentions. Elle n'était pas dupe, cependant. La nuit dernière, s'il avait dormi dehors – comme un chemineau –, c'était pour tenir éloignée toute tentation. Mais qu'en serait-il de son sacrifice, la nuit prochaine, les autres nuits, dès que le temps fraîchirait ? Ne préférerait-il pas s'installer près d'elle, sur une paillasse, le moment venu de souffler la flamme ? Et lorsque, dans le silence, viendrait l'heure d'assouvir les passions, qu'adviendrait-il de sa patience simulée tout l'été ? Lucia enfouit son visage dans ses mains. Devait-elle encore attendre pour lui avouer qu'il n'obtiendrait rien d'elle, aucune faveur, en retour de ses bontés ? Tant que son cœur, son esprit garderaient en mémoire le souvenir de Richard, jamais elle ne se sentirait libre de s'égarer en compagnie d'autres hommes. Richard faisait fête à la vie, vagabondait au son de son violon, hors des réalités, insouciant de semer le malheur à sa suite, trompant son monde au son de petites notes tirées d'un instrument dont les cordes, comme un collet, serraient un gibier au sortir d'une diète hivernale. Mais, quelle que fût sa faute, il restait le père de son enfant. Elle le pressentait, tôt ou tard la vie le mettrait dans l'obligation de s'expliquer. Il le fallait. La blessure qu'il avait ouverte six ans auparavant, à Châtelguyon, ne s'était pas refermée. Martin était venu lier le passé au futur. Cet enfant, dont Richard ignorait l'existence, demeurait en elle comme un coin enfoncé dans son cœur. Martin faisait d'elle une femme montrée du doigt, précédée d'une réputation de coucheuse flanquée d'un enfant débile. Guérin, et d'autres avant lui, clients d'hôtels rencontrés au hasard des étages, avaient galvaudé ses derniers espoirs, dont le mensonge, mais aussi la violence, avaient eu définitivement raison. Comment ne s'en serait-elle pas souvenue ? Et comment Martial, le moment venu, ne tenterait-il pas sa chance ? Cela aussi, Lucia le pressentait. Et elle ne voulait surtout pas lui céder par simple reconnaissance. Il lui faudrait prévenir cet instant redouté et repousser le colosse, le priver de son rêve, sans le blesser.

Un busard cendré tournoyait à la cime des arbres. Lucia, les idées brouillées, observait l'inlassable ronde du rapace, l'onde glacée de la Sioule. Martial était reparti chez Barand, à Courteix, comme il l'avait annoncé enfourchant sa machine. Il pousserait jusqu'à Saint-Georges remplir les sacoches ; à son retour, ils mangeraient.

Lucia savait qu'elle exerçait sur lui, comme sur tout homme, une fascination. La nature – sa mère eût dit : « Dieu » – l'avait faite pour plaire. Pourquoi, alors que tant d'occasions se présentaient, lui était-il impossible d'évincer Richard de sa mémoire ? Quelque chose en elle, plus fort que la raison, refusait tout ce que les hommes avaient de bon, de pur, pour ne voir en eux que des êtres animés de désirs insatiables.

Lucia secoua la tête, en proie à ses réflexions. Martial n'était sans doute pas différent. Las d'attendre, il se rebifferait, la chasserait. Il lui faudrait alors reprendre la route avec Martin, peut-être s'établir en ville – ce lieu où l'anonymat permet de prendre la couleur de la pierre –, accepter de disparaître à jamais et laisser la solitude parfaire son destin. Incapable d'aimer, qu'espérer d'autre ?

Elle se revit enfant, sur les hauteurs de Châtel, à l'âge où ses longs cheveux n'étaient encore que des tresses que ses frères s'amusaient à tirer. Il était doux, en ce temps, de vouloir toucher un jour au bonheur. Le dimanche, Renzo, le maçon, Gina, la repasseuse, invitaient oncles et tantes à s'asseoir sous la tonnelle de fusain boire un petit vin d'Orvieto, et c'était l'après-midi durant tout le sang de l'Italie qui inondait l'âme de chacun. Cousins et cousines peuplaient le jardin, filles et garçons s'affrontaient dans des joutes brutales, cris et rires tonnaient jusqu'aux bois bordant la cité thermale. Qui aurait osé envisager que le sort désignerait la plus belle d'entre eux pour succomber dès les prémices de l'amour ? Le soir, Gina cuisinait les pâtes. Petits et grands se défiaient, et c'était à celui qui avalerait le plus vite son assiettée ; les mères grondaient, feignant de s'indigner, secrètement admiratives de cette progéniture gloutonne et joyeuse. Gavé des parfums du pays, on se séparait à nuit noire, certain de former une lignée indissociable. Il faisait chaud, alors, au cœur de la famille.

Piero et Federico, ses frères, Sophia, Nino, Luigi, Francesca et Vitorio, ses cousins, s'étaient depuis détournés d'elle : un enfant attrapé dans le foin, sans la protection divine des liens sacrés du mariage, ne pouvait que jeter l'opprobre sur une famille dont les vertus premières étaient de vivre dans le respect des Évangiles. D'ailleurs, Dieu n'avait pas tardé à montrer sa colère, punissant la pécheresse en l'affublant d'un enfant anormal, « que tu devras traîner comme on traîne un fardeau, afin d'expier ta faute ! ».

Lucia, forte de l'enfant qui grandissait dans son ventre, avait espéré voir Richard revenir, et, au pied du maître-autel, se marier. La vie aurait alors eu le goût délicat du bonheur partagé. Renzo, atteint dans son honneur, avait battu la campagne à la recherche d'un jeune gars en maraude coiffé d'un large chapeau, une cape sur les épaules, un violon en bandoulière. « Qu'il entende raison ! », hurlait-il. En vain. Il était passé, lui avait-on répondu, mais on ne savait s'il reviendrait de l'année. A la fabrique de chaussures où Lucia gagnait quatre sous, les rondeurs de « la Poncini » faisaient pouffer. Derrière son dos, toutes les langues dénigraient la malheureuse. Elle ne tarda pas à être convoquée au bureau de la direction, où Mme Herbaut, la femme du patron, consciencieuse gardienne de l'observance des règles de la morale sociale, de l'honnêteté et de la justice, craignant d'attirer sur sa maison le soupçon et les plaisanteries vulgaires, lui signifia son renvoi, prétextant qu'elle entachait la réputation d'une famille dont la probité devait demeurer incontestée.

Lucia avait donc pris la direction de l'hôtel-Dieu, pour se confier aux bons soins des religieuses.

11

Le père Barand ne s'était pas fait prier pour accepter les conditions de Martial. Et c'est avec élan qu'il demanda à sa sœur, la vieille Malou, de servir le vin.

– Tope là, mon gars ! Les gros travaux approchaient et je t'assure que j'en menais pas large, lui avoua le vieil homme.

L'homme des bas-fonds s'attabla face à l'homme des plateaux.

Relevant son béret décoré d'un cercle de crasse, Barand ajouta :

– Je ne te dirai pas quand ni comment t'y prendre, à toi de voir ; embauche qui tu veux, mais à mi-août, que tout soit coupé ! Va à ton rythme, fais tes horaires, du moment que tu tombes le travail, je n'irai pas te contrarier. Moi, je peux plus arquer. Certains jours, c'est comme si ces putains de rhumatismes me rentraient les *osses* dans la viande ; mais avec toi, je suis tranquille !

Malou déposa les verres et la bouteille.

– D'autant, fit-elle de sa voix ébréchée, que Louis viendra donner la main en août, il sera en congé !

– Elle veut parler de son neveu, précisa le fermier ; un beau feignant, ma foi !

– Louis ? interrogea Malou.

– Qui d'autre ? Figure-toi qu'il embauche chaque jour à l'usine ! Tout ça pour faire du syndicat ! Si ça continue, ma part d'héritage, il ira la chercher chez les bolcheviks ! tonna le père Barand.

– Tu déshériterais pas ton neveu, tout de même ! s'insurgea la vieille.

– Pourquoi pas ? Quand on est l'unique héritier d'une propriété qui vaut des cents et des mille, on perd pas son temps à travailler pour les autres ! Je t'en foutrais, moi, de l'usine ! Il ferait bien d'y regarder à deux fois, le Louis ! D'autant qu'il a épousé une pas grand-chose ! Tu seras peut-être d'accord avec moi, cette fois-ci, hein, la Malou ? Une qui se tient sur le dos plus facilement qu'une faucille !

Barand calma sa colère en lampant son verre de vin.

– Vois-tu, reprit-il à l'adresse de Martial, mon tort a été de pas marier la Denise Chamblaud. Certes, la pauvre fille était moche comme le derrière d'un zèbre, mais au moins elle m'aurait pondu une demi-douzaine de gars bien solides, et aujourd'hui je m'emmerderais pas à cavaler après les journaliers !

– Plains-toi ! Ils viennent te trouver à domicile ! ricana la Malou.

Martial abandonna le frère et la sœur, encore sous le coup de la discorde. Dès aujourd'hui, il se mettrait en quête de personnel et formerait une équipe. Il prévoyait de se mettre à l'ouvrage le lendemain.

« Trois ou quatre gars bien décidés suffiront, pensa-t-il. Tiens, avec un peu de chance, je devrais les trouver ce soir, appuyés au comptoir du père Astruc. J'attendrai que Fabre soit passé et j'irai y jeter un coup d'œil. »

12

Fabre n'autorisa pas Martin à se lever avant le surlendemain. « Ultime précaution. Un traumatisme crânien, si minime soit-il, n'est pas chose à traiter à la légère. » Mais l'enfant étendu dans le lit ne le comprit pas. Lucia fit la moue. Elle devrait rester clouée à demeure deux longues journées encore. Le médecin boucla sa sacoche et se leva pour partir.

– Bien sûr, ici, en ce moment, c'est l'idéal, quoique l'on étouffe un peu, mais ce ne sera pas toujours l'été, déclara Fabre à mi-voix, ne souhaitant pas être entendu de Martial, qui bricolait près de la cabane à outils. En automne, l'humidité doit y être insupportable, sans parler du froid l'hiver, de ce brouillard qui ne se lève que pour mieux retomber, et de l'isolement.

Lucia fronça les sourcils, puis lâcha à son tour d'une voix blême :

– Vous avez mieux à me proposer ?

– Oui, peut-être. Je vais avoir besoin de quelqu'un pour me seconder. Les paysans sont par essence des gens méfiants ; ceux-là ont mis le temps, mais maintenant que j'ai acquis leur confiance, ils viennent de plus en plus nombreux au cabinet et même d'assez loin. Entre l'accueil, le téléphone, la paperasse et mes visites à domicile, je ne termine jamais avant dix heures. Avec une secrétaire, ça irait tout autrement.

– Cependant, vous avez une femme chez vous.

Fabre haussa les épaules.

– La mère Félix ! Vous l'avez bien regardée ?... Et puis, elle ne vient qu'aux heures des repas, et deux fois par semaine pour le ménage.

– Je n'ai pas appris le secrétariat et je ne sais pas taper à la machine.

– Vous apprendrez vite ; il vous suffit de vouloir.

– Je fais des fautes d'orthographe...

– Croyez-vous que mes paysans n'en font pas ? La plupart savent tout juste lire et écrire. Vous seriez nourrie et logée, en plus d'un salaire. Ce n'est peut-être pas le Pérou, mais c'est tout de même mieux que de végéter... dans ce trou. Pour votre fils, il existe à Clermont un établissement spécial réservé aux...

Lucia eut un petit ricanement.

– Vous voulez prendre la mère, mais pas l'enfant ! Surtout celui-ci, avec ses jambes courtes, sa grosse tête et sa bouche tordue !

– Vous vous méprenez....

– Allons, vous racontez bien les histoires, docteur ! Je ne dis pas que vous ne voulez pas faire de moi votre secrétaire, mais vous voulez surtout m'allonger dans votre lit. Pratique : travaille, vit, mange sous le même toit, et le soir il n'y a qu'une porte à pousser. Pourquoi seriez-vous différent des autres ?

– Et lui ?

– Martial ? Il m'a prise avec mon fils, il m'a installée chez lui et il ne m'a rien demandé.

Fabre esquissa un sourire teinté d'ironie.

– Pas encore...

Puis, ayant fait quelques pas :

– Réfléchissez tout de même ; je ne prendrai personne avant septembre.

La voiture se lança à l'assaut de la pente, bruyante, répandant une forte odeur d'essence. Martial revint près de Lucia.

– Alors ?

– Encore deux jours de repos et il pourra se lever.

– Tenez, vous lui donnerez ça, peut-être qu'il patientera plus facilement.

Martial présenta à Lucia une paire de bœufs miniatures attelés à un char, taillés au couteau dans des planchettes de récupération, le tout lié par de fines chevilles en noisetier.

– Attention, le vernis n'est pas tout à fait sec...

Lucia s'empara du jouet, visiblement troublée.

– Personne, à part moi, ne lui a jamais rien offert.

Elle posa une main sur l'avant-bras de Martial.

– Merci.

– Oh, ce n'est rien... C'est du vite fait.

– Martin sera content... mais c'est à vous de le lui offrir.

Lucia rendit le jouet.

– Venez, dit-elle, tirant Martial à l'intérieur de la maison.

Martin était étendu sur le lit, sans manifester le moindre agacement. A la vue de sa mère, il s'agita, grimaça de plaisir. Passant une main sous les épaules de son fils, elle le redressa et le maintint assis, appuyé contre elle, pour lui susurrer à l'oreille :

– Regarde, Martial a une surprise pour toi...

Soudain excité, Martin émit quelques sons indistincts, tendit les bras, prêt à recevoir. Martial déposa l'attelage sur les genoux de l'enfant, qui resta interdit, les yeux rivés sur ce cadeau inattendu. De ses mains pataudes, il en caressa les contours, s'amusant de ce bois poisseux, comme enduit d'une infime couche de miel, traduisant son émerveillement avec force gestes et onomatopées. Plus surprenant, il se redressa, ouvrit ses bras à Martial et tendit ses lèvres pour un baiser.

– Il veut vous remercier, expliqua Lucia, soutenant Martin debout sur ses jambes.

Ému, le géant se plia. Genoux au sol, il attira l'enfant à lui, se laissa enlacer. Martin, joignant ses lèvres, déposa un peu d'écume sur la joue de Martial qui, s'il ne le montra pas, frémit de bonheur à l'idée d'être aimé de ce petit être que la nature semblait avoir conçu comme une représentation de la laideur.

13

Martial stationna le side-car à proximité du bistrot, sous l'œil du père Frémont, l'ancien bourrelier, rare artisan dans la région à hongroyer le cuir au gros sel et à l'alun, méthode qui fit autrefois sa réputation. Figure atypique du village de Saint-Georges-de-Mons, le vieux hâbleur discourait en compagnie d'une jeune femme joliment potelée, Mlle Conche, l'institutrice, nommée l'année précédente. Impatiente de se sauver, la malheureuse ne tenait pas en place. L'arrivée inopinée de Martial lui permit de prendre habilement congé, prétextant qu'une tâche urgente l'attendait.

– Et surtout, ajouta-t-elle, moqueuse, vous éviterez l'apoplexie : à force de lorgner dans l'échancrure de ma blouse, ça pourrait finir par vous jouer un vilain tour !

Faussement offusqué, le bonhomme se récria : il ne regardait que ce qu'on voulait lui montrer ! Mais déjà l'institutrice prenait le large.

Martial s'approcha.

– Sacré phénomène ! La chasse est toujours ouverte, hein ! lança-t-il d'un ton goguenard.

– Que veux-tu, les femmes sont mon péché mignon ; mais maintenant, je me contente de les mettre en joue, et c'en est d'autres qui les tirent ! Parce que, faut bien le reconnaître, à mon âge, malheureusement, mon artillerie menace plus souvent mes *sabiots* que mon *chapieau* !

Et il partit d'un grand éclat de rire.

Le bistrot battait son plein. Prétextant une course, une visite, ils étaient nombreux à s'accorder ce moment de tranquillité hors de la famille après une journée de travail. Le père Frémont s'y engagea, suivi de Martial. Les hommes se tenaient à table, agglutinés par trois ou quatre. Ces temps derniers, une actualité préoccupante fournissait les conversations. La chute du cabinet Blum, pour la deuxième fois en avril, puis la nomination de Daladier, ne rassuraient personne. Pour les plus alarmistes, cette instabilité gouvernementale était le reflet d'un peuple divisé, incapable de resserrer les rangs lorsque surviendrait un coup de tabac. A l'est, au-delà d'une frontière chèrement reconquise vingt ans plus tôt, l'Allemagne grondait de nouveau par la voix de son chancelier, et l'expérience laissait à penser que de tels aboiements présageaient d'un désir de mordre. A cela s'ajoutaient les images terribles, publiées dans les journaux un an auparavant, de la ville basque espagnole de Guernica rasée par la légion Condor. Groupe d'assassins dévoués à un général dont les complicités s'étendaient outre-Rhin. Insidieusement, l'Allemagne, l'Espagne et l'Italie inféodaient les populations, tissant la toile de la dictature dans laquelle, tôt ou tard, la France se prendrait les pieds.

Martial serra quelques mains, tout en cherchant à repérer le marchand de grains. Renseignements pris, Guérin se trouvait en Limagne, où il possédait une dizaine d'hectares de terre à blé. Déçu, Martial grimaça. « Dommage, je l'aurais bien arrangé devant tout le monde ! Bah ! il ne perd rien pour attendre ! », songea-t-il. La chaleur était étouffante. Accoudé au comptoir, il salua Astruc. Celui-ci, la face congestionnée, un mégot collé à la lippe, vociférait, ivre à cette heure, en compagnie d'illustres arsouilles appuyés au zinc depuis le milieu de l'après-midi. Près du poêle, à l'endroit le plus sombre de la salle, Martial remarqua le dos massif d'un homme attablé devant une chopine de rouge. Ses cheveux – une brosse brune –, fraîchement coupés, dévoilaient une nuque ramassée, plissée en un trapèze rosi par l'ardeur du soleil, reliée à une paire d'épaules bouffies de puissance. Ses avant-bras, dépassant des manches de chemise retroussées, n'avaient rien à envier en volume à ceux de Martial. L'homme mangeait un casse-croûte sans se soucier de la clientèle. De temps à autre, il se penchait en avant, portait ses lèvres à son verre, donnant l'impression que sa tête et son corps n'étaient qu'un bloc.

– Tu l'as vu, celui-là ? Un beau lapin, non ! glissa Astruc à l'oreille de Martial. Il est peut-être bas du cul, mais tout de même je serais curieux de savoir qui de toi ou de lui aurait le dessus ! A mon avis, ce gars-là est un sacré client !

– Ouais, eh bien ! le pugilat, ce sera pour une autre fois. Aujourd'hui, j'ai autre chose à foutre que de me cabosser avec le premier venu ! Je cherche Raynaud et Michaux.

– Pas vus. Mais attends un peu, ils vont plus tarder. Ce serait bien le Diable si aucun des deux ne passait se rincer !

Martial se détourna pour surveiller la salle, souffrant déjà de devoir prolonger son séjour en ce lieu où d'ordinaire rien ni personne ne l'attirait. Raynaud, comme Michaux, tardaient à apparaître. Sans doute devrait-il compter avec Oliette et Limbourd, l'un et l'autre de bonne trempe. Il décida de les affranchir. Journaliers depuis toujours, Pierre Oliette, originaire du hameau de Genestouze, et Justin Limbourd, de

Puy-Gilbert, connaissaient la musique. Les travaux aux champs étaient leur raison de vivre. Faneurs, faucheurs, dans leurs mains l'outil cinglait juste entre terre et ciel. Moissonneurs, mais aussi valets de ferme, ces hommes à tout faire pouvaient abattre un travail considérable. Martial attribua les tâches à chacun, fixa le prix à la journée, décida des repos puis lança :

– Embauche, demain matin, sept heures !

– Conclu ! firent-ils, tapant dans la main de Martial.

Les trois hommes burent un verre, geste symbolique scellant poétiquement l'accord.

– Je pense que Michaux sera partant, déclara Limbourd. Il n'a rien en ce moment, à part sa femme sur le dos. Et certainement que Raynaud le suivra, les deux sont inséparables. Faut dire qu'ensemble, même si tous deux chahutent le goulot, ils s'entendent, et que le boulot tombe !

– Pour ça, ils ne sont pas feignants ! reconnut Martial. Si vous les voyez, dites-leur mes conditions, et qu'ils soient là-bas demain matin, même heure. Moi je me sauve.

Martial regagna la rue, heureux de retrouver un peu d'air frais. Le village se vidait. Quelques ampoules oscillant sous des corolles de verre éclairaient des fonds de cuisine où se mouvaient des silhouettes cassées au-dessus des fourneaux. Il sortit du village, passa le carrefour de la Croix de Pierre. Plein est, le ciel rompait peu à peu devant une charge de nuages couleur d'étain. Les collines et les bois se ramassaient dans la pénombre naissante. Cette nuit encore, Martial dormirait sur son matelas de feuilles.

14

Lucia avait allumé la lampe. La pièce sentait le pétrole. « Une odeur d'enfance », se dit Martial pleinement heureux, comme autrefois, quand sa mère tenait son rôle de maîtresse de maison. Maria, sa femme, l'avait remplacée quatre années durant, avant de succomber à l'ennui. Aujourd'hui, Lucia occupait les lieux, mais dans des circonstances si différentes qu'il n'osait envisager l'avenir. Cette femme cachait un mystère dont les brûlures attisaient chaque jour davantage son dégoût de la vie. Saurait-elle s'en guérir, ouvrir les yeux sur la beauté des bas-fonds et surmonter l'isolement qui était le lot des habitants des lieux ?

Ils dînèrent face à face. Martial raconta comment il s'était entendu avec le vieux Barand, son futur employeur. Il irait chaque jour à Courteix, jusqu'à mi-septembre.

– Mais chose promise... Dès que le petit est d'aplomb, on part faire une virée ! s'empressa-t-il d'ajouter.

Lucia expliqua à son tour qu'elle ne pouvait rester sans travailler. Son dernier salaire s'épuisait rapidement, et la proposition de Fabre tombait à point. Certes, elle ne révéla rien de ses intuitions, ne vantant que les avantages de la situation. Martial se rembrunit. Ainsi elle avait en tête de quitter les bas-fonds, de s'installer chez Fabre, au village, d'occuper une maison confortable, de prendre de la hauteur. Peu à peu, le médecin saurait gagner sa confiance – un homme de savoir ne manque ni d'atouts ni d'arguments –, et fatalement Lucia se laisserait prendre au jeu pervers de la respectabilité...

– L'ennui, dit-elle, c'est qu'il ne semble pas vouloir de Martin...

– Martin ! s'exclama Martial.

Il baissa les yeux sur ses mains, se rappelant son étrange sensation lorsque, le matin même, portant secours à l'enfant évanoui sur le chemin, il l'avait soulevé de terre, soudain conscient de tenir dans ses bras un éclat du corps de la femme qu'il aimait. Plus tard, Martin, assoiffé de tendresse, s'était écarté de sa mère, avant de se précipiter vers ce nouvel ami, plein d'un amour aveugle. Jamais Martial n'oublierait cet élan, l'autorité de ce geste, la fougue animant ces petits bras battant l'air, la fièvre frémissante sur ces lèvres molles. Jamais il n'oublierait l'onde de choc qui avait envahi sa carcasse, ni l'instant où Lucia, apeurée, avait plaqué son corps contre le sien. Quelque chose s'était produit, qu'il ne pouvait expliquer, mais qu'il avait reçu comme une révélation du bonheur.

– Il y a peut-être une solution, fit-il. Si vous voulez ce travail, donnez votre fils à garder en journée à la vieille Paunine. Le petit ne sera guère dépaysé : elle reste là, à Moignoux. L'habitude des enfants ne lui fait pas défaut, pensez, elle a gardé la moitié des gamins de la commune.

Martial se tut. Puis, Lucia ne donnant pas le moindre avis, il reprit sur le même ton enjoué :

– Pour ce qui est des transports, je m'en charge ! Ce n'est pas le temps qui me manquera, pour vous véhiculer tous deux matin et soir ! Qu'en dites-vous ?

Lucia se leva, plongea son assiette dans la bassine réservée à la vaisselle.

– Bien sûr, reprit-il à voix basse, si vous pensez qu'il est préférable pour vous de partir, je peux difficilement vous retenir.

– Ce n'est pas aussi simple, dit-elle enfin, contrariée. Vous êtes tellement serviable. Sans vous, tous ces jours derniers, je ne sais pas comment j'aurais... De plus, vous semblez bien aimer Martin, et je crois que lui aussi vous aime beaucoup, mais...

Lucia regagna sa place. Une mèche détachée s'était collée à son front. A cette heure, l'humidité surgissait du sol ; il faudrait attendre encore pour ne plus souffrir de la moiteur et espérer s'endormir. Lentement, elle allongea les bras à la rencontre des mains du géant ; la douce tiédeur des doigts l'obligea à relever la tête.

– Martial, ce n'est pas une question d'organisation, vous le savez bien !

Il hocha la tête.

– Avant tout, il s'agit de vous et de moi, poursuivit Lucia. N'est-ce pas que j'ai raison ?

– Et le petit, qu'est-ce que vous en faites ? ajouta-t-il dans un grognement, yeux baissés.

– Vous voulez parler de Martin ?

– Oui. Ce serait dommage de l'enlever d'ici, vous ne croyez pas ? Et c'est vrai que je l'aime bien...

– Décidément, vous êtes très différent des autres. En général, on le fuit.

– S'il restait, avec le temps, je pourrais lui apprendre la rivière, les bois, le ciel...

Lucia ne put réprimer un geste d'agacement.

– Il lui faudrait apprendre beaucoup plus que ça pour espérer pouvoir vivre un jour la vie de chacun, mais il n'en est pas capable.

Elle quitta sa chaise, passa la porte restée ouverte et alla s'appuyer à l'un des montants de l'auvent.

– A quoi bon faire semblant de croire le contraire ? ajouta-t-elle. Martin est atteint de ce que les médecins appellent le mongolisme. Je vais vous dire ce que c'est exactement, je connais la formulation par cœur : « *Affection congénitale, apparaissant dès la naissance, entraînant un retard de développement général, caractérisé par un faciès spécial et une arriération intellectuelle profonde.* » Les deux médecins que j'ai consultés m'ont conseillé, tout comme Fabre, de le placer dans un centre. C'est une vilaine maladie, Martial, dont on ne guérit pas.

Martial vint s'asseoir à ses pieds, sur la plus haute marche, roula une cigarette. Ils se turent un instant. On entendait monter la stridulation des grillons.

– Je ne sais pas ce qu'on y fabrique dans leurs putains de centres, fit-il, mais je crois comprendre que ces gamins ont besoin de beaucoup d'amour et qu'à coup sûr ce n'est pas là qu'ils le trouvent.

– C'est pour ça que je ne me suis jamais installée en ville, pour ne pas être tentée de donner raison à ces gens. Je ne veux pas me séparer de lui, parce que Martin ne vivra pas très vieux ; peut-être même ne vivra-t-il pas jusqu'à vingt-cinq ans, c'est une des conséquences de la maladie.

Une demi-heure s'écoula, sans autre bruit que celui des grillons. Maintenant, un air frais passait sur les bras dénudés. On dormirait bien cette nuit. Seule certitude.

15

Une puanteur hircine empestait les environs. Attaché à l'écart, encordé, un bouc piaffait contre la paroi de son enclos. Le bois sonnait sourdement sous la corne du pied. Michaux et Raynaud, arrivés les premiers, le regardaient tirer sur sa longe, admiratifs.

– Dites, votre bestiau, on dirait bien qu'il a sorti l'outillage pour les grands travaux ! fit remarquer Raynaud, satisfait de sa trouvaille.

– Oh ! c'est un phénomène, celui-là ! Un vrai galant ! reprit Malou, un brin de fierté dans la voix. Faut pas lui en promettre. Tu vas te calmer, polisson ? cria-t-elle à l'adresse de l'animal. Tous les matins, monsieur pique sa colère ; pourtant, il est point privé de ses chèvres, la carne !

Changeant de sujet, tournée vers Martial et les quatre journaliers, elle ajouta, contrariée :

– Barand est au lit. Ses genoux ! Des fois, ça lui passe dans la journée. On verra ! Vous, le grand, vous savez ce que vous avez à faire ?

Martial décocha un bref sourire : il savait.

– Et voilà de quoi vous donner du courage ! Mais buvez pas tout d'un coup, parce qu'il y en aura pas d'autre de la matinée !

Malou déposa aux pieds des hommes un seau d'eau dans lequel trempaient deux litres de vin.

– Toi, le potelé, mets ça à l'ombre !

Oliette obtempéra.

– Au travail, mes gaillards ! Et ne soyez pas en retard pour le dîner ! Je ferai pas deux services.

La vieille tourna les talons, s'éloigna à petits pas vifs, courbée comme une branche sous le vent, puis Martial prit la parole. Ratissant sa chevelure en arrière, il expliqua, les doigts plantés dans sa tignasse, ce que les autres avaient déjà compris : les Barand étaient de vieilles gens cloués par des maladies de leur âge, mais ils tenaient tout de même à montrer que leur maison était toujours gouvernée.

Faucher les herbes folles montées en épis aux abords des bâtiments, panser les bêtes éparpillées sur les pâtures, récurer ici et là rigoles et caniveaux, affûter les outils métalliques en prévision des moissons, arracher les pommes de terre : tel était l'ordre du jour. Martial, délégué à la coupe du bois, s'en alla fendre sans relâche en lisière de la forêt de la Roche Blanche, tête nue, un bouteillon d'eau en bandoulière.

A midi, les cinq journaliers se réunirent devant la porte, trop heureux de s'asperger le torse et le visage d'eau glacée brassée à l'abreuvoir. Barand lui-même, ragaillardi par la présence de son personnel, tint sa place de maître en bout de table. Ayant coincé la tourte à la verticale dans le tiroir, il se mit à couper des tranches de pain. Malou servit. On se réjouit de se remplir l'estomac.

Au sortir de table, Limbourd et Oliette disparurent dans l'ombre des murs. Raynaud et Michaux, inséparables, échangèrent papier et tabac, le dos calé au tronc du marronnier ombrageant le devant de porte. A cette heure, le plateau de Courteix, à ciel ouvert, n'était qu'une fournaise ; il le demeurerait jusqu'au soleil descendant. L'air devait être lourd dans les bas-fonds, et la respiration difficile. « Elle doit se tenir sur la berge, à ruminer, pensa Martial ; peut-être même est-elle assise les pieds dans l'eau ! A sa place, moi aussi je me tracasserais. Il est vrai que, belle comme elle est, à la ville, on ne tarderait pas à la remarquer, et elle aurait tôt fait son chemin. Malgré tout, elle y songe sûrement. Et ce petit, que fait-il à cette heure ? Sa mère a dû le déshabiller entièrement. Pauvre gamin, c'est pas drôle de rester couché par une chaleur pareille. »

Durant l'après-midi, Martial attela les bœufs et rapporta une partie du bois fendu le matin. Personne n'avait traîné. D'ici deux jours, le désordre ne serait plus visible ; le travail aux champs reprendrait ses droits. Barand se sentit apaisé dès le premier soir. Il fallait voir la mine réjouie du vieux paysan, appuyé au seuil de la porte, le béret relevé au sommet de son crâne blanc, saluant les hommes sur le départ.

Martial accéléra. L'air frais coulait agréablement sur son visage. La sueur ruisselante disparut en un clin d'œil sous la gifle du vent. L'air s'engouffrait à gros bouillons par son poitrail ouvert, gonflant la chemise ; son dos ne fut plus qu'une énorme bosse flottante, prise dans les remous. Dès son arrivée, il piquerait une tête dans la Sioule, comme il en avait l'habitude l'été depuis l'enfance.

Lucia avait dressé le couvert hors de la maison, à l'abri de la frondaison. Égale à elle-même, elle salua Martial d'un sourire à peine marqué. Sa masse de cheveux pincés en arrière s'allongeait en une coque inégalement roulée, libérant sa nuque trempée. Ses yeux immenses restaient fixes. Martial, comme chaque fois dérouté lorsqu'il croisait ce regard, détourna le sien et avança l'idée d'aller prendre un bain avant de passer à table. Lucia en parut contrariée.

– Le dîner était prêt, fit-elle d'une voix éteinte.

– Dans ce cas, je me tremperai après, il n'y a pas urgence. En plus, j'ai faim !

Il rentra visiter Martin, qu'il trouva avachi sur le lit, la mine déconfite, la mèche collée au front, seulement vêtu d'une culotte trop grande pour lui. Malgré les volets tenus fermés depuis plusieurs jours, la chaleur stagnait ; confiné sous l'ardoise, l'air avait un goût de liqueur brûlante.

– Tu as chaud, toi !

Martin tourna sa lourde tête vers ce nouvel ami.

– Mais tu as fait le plus dur, reprit Martial. Demain, tu pourras courir à ton aise, et manger aussi ! Et l'après-midi, on ira faire un tour, tous les trois, sur la moto ! Promis !

L'enfant se mit à gigoter de contentement. Quelques sons saccadés signifiaient qu'il avait compris : « Pro... o... mis ! Pro... mis ! », répéta-t-il difficilement, au comble de l'excitation. Martial s'empressa de l'apaiser, posant une main sur son ventre tiède. L'enfant lui sourit ; aussitôt il se calma, ses jambes et ses bras retombèrent, sa bouche seule conserva un rictus de joie auquel Martial se plut à répondre. Puis il s'éloigna du lit. Lucia avait rempli les assiettes. Dans son dos, Martin, plein de ses rêves, balbutiait :

– Mm... to ! Mo... to ! Dd... main ! De... main !

Martial tomba sur sa chaise, épuisé, mais heureux : un enfant reposait dans le grand lit de sa maison, une femme le servait à sa table. Bien qu'il sût la fragilité de ce bonheur, il chassa de ses pensées les sombres prémonitions, espérant simplement vivre encore souvent de semblables heures. Le destin avait placé ces deux êtres sous sa responsabilité, même s'il pensait n'avoir aucune place dans le cœur de Lucia. S'il le fallait, il la laisserait poursuivre son voyage, quelle que soit sa destination. En sigisbée : c'est ainsi, à son insu, qu'il se voyait au côté de cette femme.

Le dîner terminé, Martial rentra un peu de bois pour le lendemain matin, puis il s'éloigna en direction du barrage. Il glissa dans l'eau depuis une avancée rocheuse où parfois, le dimanche, des pêcheurs venaient poser leurs lignes. D'une brasse lente, il gagna le milieu de la rivière. Avec la pénombre, l'eau avait pris, à cet endroit, le teint violacé des moûts de vin après foulage. Très vite, insidieusement, une gangue froide emprisonna le baigneur. Martial claqua des dents, souffla, satisfait cependant, après ces journées caniculaires, de se rafraîchir. De retour sur la berge, il se sécha et remonta le chemin. Il faisait bon respirer, les muscles raffermis, allégé de toutes les fatigues du jour.

Lucia avait éteint la lampe assaillie par les moustiques, tiré le rideau sur le lit, qu'il n'osa écarter. Apparemment, elle dormait déjà. Il récupéra son matelas roulé à l'autre bout, déçu de rejoindre son emplacement de feuillages sans l'avoir revue. Comme la veille à pareille heure, la forêt résonnait de craquements lointains, l'air se froissait sous le vol d'une effraie, le sol crépitait sous le pas pressé d'un rongeur, ou celui plus vif d'un renard. Comme la veille, le ciel était lumineux, tout-puissant. Le sommeil le prit alors qu'il contemplait cette multitude de points fixes.

16

Barand se tenait debout, au grand étonnement de Martial.

– Que veux-tu ? Toi et ton équipe, vous m'avez rajeuni ! lança le vieux, encore vêtu de sa longue chemise de nuit, mais déjà coiffé de son béret. Mais oui, rajeuni ! Allez, assieds-toi. Tu prendras bien une goutte de café ?

– Ma foi !

– Tu es bien matinal, reprit Barand.

– C'est que je partirai tôt ; je serai pas là de l'après-midi.

Le jour blanchissait. Les plateaux, les clochers par-dessus les toits émergeaient les uns après les autres ; les contours du canton se dessinaient. Martial se hâta en lisière de la Roche Blanche. Ce matin, Barand accueillerait les journaliers ; il aurait le temps d'abattre sa part de travail. L'outil fut pénible à manier, tant la chaleur de la matinée était étouffante. Le ciel virait à l'orage. Là-bas, au-dessus de la chaîne des Puys, des nuages de plomb menaçaient de crever dans un joli fracas. Martial scruta le ciel ; menaçant à l'est, il conservait ici ses couleurs estivales. « Ce sera pas pour aujourd'hui ! », se rassura-t-il.

Il ne s'interrompit que lorsqu'il entendit le son aigrelet de la clochette qu'actionnait Malou à l'heure des repas. La hache et la scie remisées, il se rendit dans la grande salle. Barand l'invita à s'asseoir pour trinquer. Malou tisonnait sous le cul d'un faitout ; malgré la saison chaude, elle avait allumé l'âtre, comme chaque jour, et des parfums de soupe, de viande et de légumes embaumaient la pièce. Dehors, Limbourd, Oliette, Michaux et Raynaud se rinçaient à la borne-fontaine. Ils braillaient un peu en s'éclaboussant, heureux de sentir l'eau fraîche leur dégouliner sur l'échine. Dans moins de cinq minutes, tous seraient à table ; le silence retomberait, le temps de descendre les premiers verres, d'avaler les premières cuillerées.

Martial prit congé.

Martin jouait, à même le sol. A cet endroit de la clairière, la concrétion rocheuse présentait de fines aspérités entre lesquelles il faisait circuler son attelage de bœufs. Lorsque Martial déboucha, l'enfant sursauta en voyant ce drôle d'engin pétaradant qu'il ne connaissait pas lui arriver dessus. Ses yeux se remplirent de larmes avant même qu'il ne laisse éclater sa peur. Oubliant son jouet, il chercha à s'orienter avant de partir en hurlant vers la maison, guidé par la voix de sa mère apparue sur le seuil. Lucia dut le consoler et lui expliquer que la bruyante machine n'était autre que la moto dont Martial avait parlé la veille, avec laquelle ils allaient tous les trois partir en promenade. L'incident oublié, Martin se laissa volontiers emporter dans les bras de Martial et déposer sur les genoux de Lucia, déjà installée dans le side-car.

Dès les premiers tours de roue, l'enfant ouvrit de grands yeux, battit des mains, sans un cri, comme suffoqué par ce paysage qui semblait venir à sa rencontre ; il cherchait à attraper les branches des arbres défilant au-dessus de sa tête.

Ils traversèrent une succession de villages plus ou moins importants pour atteindre puis passer le col de La Nugère, dévalèrent sur Pontgibaud où ils firent une halte au pied des murailles du château Dauphin. A cette heure de repas, il y avait peu de promeneurs dans le parc, dont ils firent lentement le tour. Martin demeurait intrigué par les hauts murs de pierres de lave jointes par un ciment mêlé de brique pilée. Martial lui raconta comment, autrefois, les soldats défendaient le château depuis les tours, les chemins de ronde et les meurtrières fichées dans l'épaisseur des fortifications. Martin découvrait et s'animait. Il aurait aimé pouvoir s'exprimer autrement que par des gestes désordonnés, des sons inintelligibles. Alors, il tentait de combler son handicap par une sourde exaltation, souvent proche de la colère. Généralement, Lucia survenait, tentait de deviner ce qu'il cherchait à dire, le calmait par quelques caresses, quelques baisers. Mais, aujourd'hui, trop de questions se pressaient dans son esprit : qui étaient ces chevaliers dont parlait son ami le géant ? Et ces archers ? Et cette histoire d'huile bouillante que l'on versait du haut des créneaux sur la tête des assaillants ? Et ces béliers utilisés pour défoncer les portes ? Était-ce ces animaux aux cornes retroussées, de la race de ceux que l'on voyait dans les prés au milieu des moutons, dressés pour faire voler le bois en éclats ? Martin se calma de lui-même ; se lancer dans pareil questionnaire était au-dessus de ses forces. Il se contenta de mémoriser toutes ces images, pour s'en souvenir plus tard. Tout le temps que dura la promenade dans le parc, puis, en milieu d'après-midi, sur le viaduc des Fades, au cours de la traversée à pied de la vallée de la Sioule, à plus de cent trente mètres au-dessus du lit de galets, lorsque, accroché à la main de Martial, il aperçut tout en bas, par les croisillons du tablier de fer, la rivière pas plus grosse qu'un petit doigt tordu, jamais Martin ne montra le moindre signe d'impatience ; au contraire, chaque détail de cette nature démesurée, sujet à émerveillement, semblait pour lui du plus grand intérêt.

Quittant le viaduc, Martial proposa de pousser jusqu'à Saint-Priest-des-Champs se rafraîchir avant de regagner les bas-fonds. En quelques tours de roue, ils se hissèrent sur le plateau pour atteindre le centre du village, distant de quelques kilomètres. Des vacanciers allaient et venaient de l'épicerie à la boulangerie en prévision du bivouac du soir ; vélos et tandems croulaient sous une quantité de sacoches et de bagages. Le side-car rangé sur la place, ils s'installèrent en terrasse et commandèrent limonade et grenadine, à l'ombre de trois énormes marronniers.

Soudain, Lucia poussa un petit cri de surprise. Sur le volet de l'établissement, une affiche collée aux vantaux annonçait pour le dimanche suivant la fête à Saint-Gervais ; « avec, précisait le programme, la participation de Richard Vallon et son violon magique ». Aucun doute possible : le portrait était bien celui de Richard, avec son instrument entre le menton et l'épaule. Lucia se leva. Son regard flambait. Du bout des doigts, elle caressait les contours du visage imprimé, puis, cessant de considérer le dessin, lentement elle arracha et déchira la feuille de papier grossier.

– Depuis Moignoux, il y en a pour une demi-heure à moto. Si vous voulez, je vous y mènerai.

Martial avait compris. Il était venu se placer derrière la jeune femme. Sous la masse de cheveux, il sentit ses épaules trembler ; ses mains ne cessaient de froisser les lambeaux de papier. Lucia se détourna du volet. Le visage ravagé, elle fit face à Martial ; agrippant sa chemise, elle murmura :

– Vous m'aiderez ?
– Vous le savez bien !

Ce que Martin, resté à sa place, comprit de la scène qui se déroulait sous ses yeux fut qu'il lui sembla que sa mère était très amie avec cet homme grand comme un arbre, qui passait un bras sur ses épaules et la raccompagnait jusqu'à sa chaise. Il n'aurait su l'expliquer, mais il avait acquis la certitude qu'il ne devait rien redouter de lui, alors que cet autre monsieur, qui avait déshabillé sa maman dans la buanderie de Charbonnières et ensuite ne s'était guère embarrassé de le projeter contre le mur... Il leur fit un grand sourire venu du plus profond de son cœur, battit des mains, émit quelques sons dont la résonance grave attira les regards moqueurs d'une fillette et d'un petit garçon à la table voisine. Mais, de cela, Martin se moquait bien ; cet après-midi, sa joie était sans égale, et il sentait monter en lui un élan de vie comme jamais il n'en avait connu.

Ils rentrèrent par Les Ancizes et Saint-Georges. Là, ils firent une halte, le temps d'acheter de quoi manger. Martial accompagna Lucia et Martin devant l'épicerie, puis s'en alla seul à la boulangerie et au bureau de tabac où il croisa Sacerdoce (c'est ainsi que les plus incrédules du village surnommaient le curé Pichard). Grand, sec, noir de peau et de cheveux comme sa soutane, l'homme s'était bâti une réputation de fouineur et d'inquisiteur, s'attirant en dix ans de ministère l'inimitié de bon nombre de paroissiens lassés de ses anathèmes. Non content de prétendre blanchir l'âme des pécheurs, Pichard se plaisait aussi à les salir, lorsque, dans le secret de la confession, il pénétrait l'intimité des uns et des autres, qu'il accusait de faillir à la parole divine. Il tenait ainsi en son pouvoir toute une population, ferment de son diocèse, docile à ses toutes-puissantes injonctions. Il interpella Martial à la sortie de la boutique.

– Depuis combien de temps n'avez-vous pas rendu visite à votre mère, Flora ? demanda-t-il d'un ton cinglant.

Resté sur le seuil, Martial fourra ses paquets de tabac dans ses poches, partagé entre l'envie de s'éloigner sans répondre et celle de lui demander en quoi cela le regardait. Il se contenta de le considérer d'un œil torve.

– Pour ce qui me concerne, je l'ai vue hier, reprit le curé. La pauvre femme m'avait fait appeler ; l'envie de parler, le besoin de compagnie... et aussi, sans doute, la nécessité de sentir la présence de Dieu dans sa maison. Que faites-vous, pendant que votre mère se morfond ?

– Il m'arrive de travailler, figurez-vous !

– Pas seulement, si je m'en tiens à ce que l'on m'a rapporté. Quelles sont vos intentions vis-à-vis de cette femme ? On raconte qu'elle a un enfant, un enfant anormal, dont on dit qu'elle serait bien incapable d'avouer le nom du père ? Quelle vie lui faites-vous mener, au fond de ce trou, réfugiée dans l'insalubrité de cette cabane ! Seigneur, je plains ce malheureux enfant obligé d'assister à... à vos... Heureusement que ce pauvre idiot ne se rend compte de rien !

Martial avança vers le curé.

– Pichard, sache qu'elle pourrait tout à fait te dire qui est le père de son enfant, et que le petit Martin en question n'a rien d'un idiot du village ! Et si tu continues sur ce ton, je te promets que tu vas entendre sonner l'angélus plus tôt que prévu ! Tu le sais, pour me connaître un peu, curé, je ne suis pas homme à faire des menaces en l'air !

Le curé Pichard sut à la seconde que le géant ne plaisantait pas, sa réputation n'était plus à faire.

– Son père, déjà, était un mécréant, alors le fils !..., grommela-t-il en s'éloignant.

Martial rejoignit Lucia et Martin, installés dans le side-car.

– Vous vous êtes fait épingler par le curé ? demanda-t-elle.

– Oui, il... il me reproche de négliger ma mère, paraît qu'elle s'ennuie.

– C'est tout ? Sur moi, il ne vous a rien dit ?

– Si... Il m'a fait comprendre que nous vivions dans le péché. Mais ça, ce sont des mots de curé !

17

Ce fut la dernière nuit avant dimanche. Après sa journée de travail chez Barand, Martial s'était enfin décidé à aller rendre visite à sa mère. Le hameau de Queuillette gisait sur le replat d'une épaule surplombant la vallée. Louise Flora, assise sur un banc de pierre placé en avant de la porte, avait accueilli son fils avec réserve. Ils s'étaient embrassés, n'avaient pas échangé un mot, tout juste un regard. Puis, Louise, les yeux baissés sur son ouvrage de tricot, avait marmonné sans se préoccuper d'être entendue :

– Je ne savais pas le curé Pichard capable de miracles !

Martial se garda de répondre. « Pas jeter d'huile sur le feu. »

– Veux-tu que je te coupe du bois, ou bien autre chose ? demanda-t-il, ne sachant que faire de ses grandes mains.

– Oui, du bois. C'est un travail éreintant pour une vieille femme. Heureusement, j'ai la chance d'avoir un fils fort comme un Turc. Coupe, mon petit, coupe ! Après, je te ferai une bonne soupe, comme tu l'aimes : au pain et au lait. Nous la mangerons ensemble.

– C'est que...

– Ah ! je comprends, tu le voudrais bien, mais tu ne peux pas, tu n'as pas le temps, pas vrai ? Oui, bien sûr, tu as autre chose à faire de plus intéressant, il faudrait surtout pas que tu perdes ton temps avec ta mère qui n'en vaut pas la peine.

– Maman !...

– Quoi, *maman* ? s'écria-t-elle.

Louise s'était levée et avait ajouté :

– Je déraille, peut-être ? Tu n'es donc pas pressé de rentrer chez toi ? Je ne suis pas morte, te voilà rassuré, alors rentre, puisqu'on t'attend !

– Ah ! parce que tu es au courant...

– Je le suis ! mais j'aurais bien aimé que ce soit toi qui me l'apprennes, au lieu d'écouter les ragots des uns et des autres ! Ta femme aussi doit le savoir !

– Je te rappelle que c'est elle qui est partie, pas le contraire ! Et ça m'étonnerait qu'elle trouve à redire !

– Admettons, mais il faut aller la trouver et t'expliquer avec elle. Si tu veux refaire ta vie, tu en as le droit, mais fais-le proprement. Maintenant, réfléchis bien et demande-toi si tu es sûr de gagner au change ! D'après ce qu'on m'a dit...

Martial se tut, fendit un peu de bois qu'il entassa à l'intérieur de la modeste maison et prit congé. Il en était souvent ainsi entre la mère et le fils, qui s'accrochaient la plupart du temps pour des petits riens. Depuis la mort du père, Louise s'ennuyait et son caractère s'en trouvait assombri. Elle avait aimé vivre dans les bas-fonds, en famille, vingt années durant, mais aujourd'hui, elle n'attendait plus rien de l'existence, sinon une complicité avec un fils qui tardait à se dessiner.

18

Le dimanche, jour de fête à Saint-Gervais, Martial monta jusque chez la Paunine Pérol. Moignoux, une vingtaine d'âmes l'été, assommé sous le soleil, somnolait dans un silence total. Il trouva la vieille assise à l'abri d'une tonnelle, occupée à équeuter des haricots au creux de son tablier. Son visage jauni par les ans s'effilait sous un large chapeau de paille noire, ses doigts s'activaient encore, malgré des articulations déformées par l'arthrite. Il vit à peine les globes laiteux de ses yeux lorsqu'elle releva la tête pour le saluer.

– Quel vent t'amène jusque-là, bon ou mauvais ? questionna la vieille.

– Que du bon, Paunine, que du bon !

– A la bonne heure ! Je t'écoute.

– Eh bien ! comme tout le monde, vous savez sans doute qu'en bas il y a une femme et un enfant !

– Pardi, si je le sais. Et alors ?

– Aujourd'hui, c'est fête à Saint-Gervais et je me disais...

– Tu veux que je te garde le mouflet pendant que tu emmèneras la mère danser ?

– C'est ça !

La vieille parut réfléchir, puis, prenant une poignée de haricots dans un panier en équilibre sur un tabouret, elle dit :

– Bon, dépose-le en milieu d'après-midi, après ma sieste. Je suppose que vous rentrerez tard, alors je le ferai manger et je le coucherai, sa mère n'aura qu'à venir le prendre demain matin. Ça te va ?

– Et comment ! Vous me direz combien je vous dois.

– Bah... Maintenant, je n'ai plus guère besoin d'argent, mais il faut bien que je mange tout de même, tu en conviens ?

– Ma foi !

– Dans ce cas, tu iras à mon jardin pendant une semaine, tu arroseras, tu ramasseras, tu sarcleras, nous serons quittes et moi, ça me soulagera.

– Une semaine ? Vous êtes devenue chère !

– Dame ! C'est à cause de mon âge, vois-tu ! Me déplacer me demande plus d'effort qu'avant, et un loupiot, c'est pas de tout repos, que je sache !

La conversation s'arrêta là. Martial redescendit la joie au corps. Ainsi, il serait au côté de Lucia à Saint-Gervais, libre de se montrer en sa compagnie, de soutenir les regards envieux. Tiens ! il souhaitait même rencontrer Maria, histoire de lui rabattre son caquet, elle qui était partie sans rien dire, ne laissant qu'un petit mot qu'elle avait terminé en ces termes :

« Ne cherche pas à me revoir, ce serait bien inutile et tu perdrais ton temps. »

Ah ! comme il la prendrait de haut, il l'ignorerait même, passant devant son nez, raide comme un piquet, au bras de la plus belle des femmes. Ivre de bonheur, il se frotta les mains : le hasard lui offrirait peut-être cette revanche !

Martin fit bien quelques difficultés lorsqu'il vit Lucia se glisser dans le side-car. Ne parvenant pas à se dégager de la poigne de la Paunine sur son épaule, il se mit à hurler et à lancer des ruades dignes d'une jeune bête à l'attache.

– Allez, roule, roule ! Quand il ne vous verra plus, il se calmera ! cria la vieille, que le bruit de la moto agaçait bien davantage que les jérémiades de Martin.

Martial et Lucia disparurent au-delà du premier virage, mais cela n'eut guère d'effet sur Martin qui, se croyant abandonné, gesticula et hurla de plus belle. Mais Paunine n'en fut pas autrement déroutée ; elle avait une longue pratique des enfants, et intervint sans brusquerie.

– Viens un peu là, pauvre petiot.

Saisissant Martin, elle l'assit sur ses genoux et murmura de sa voix fêlée :

– Écoute ce que la vieille Mina, ma grand-mère, me chantonnait à l'oreille quand j'étais pas plus haute que toi :

Oh, oh, oh ! si j'ai tant de larmes,
Ma mère, c'est à cause de la peine,
Que j'ai de ne pas être reine
Parce que Dieu m'a voulue sans charmes !
Alors, je pleure, je pleure, je pleure.
Ding, ding, dong ! sonnent les heures.

19

Ils avaient franchi le barrage et remonté les plateaux par la route du Bouchet, Litte Longue, Talleyrand, Les Cartières et atteint Saint-Gervais, comme Martial l'avait prévu, en une demi-heure. Le side-car stationné à l'arrière d'une grange, ils s'engagèrent dans la rue principale, où l'on se pressait devant les baraques foraines. Un jeu de massacre faisait recette ; une victime, la tête coincée dans le trou d'une planche, défiait l'adresse des lanceurs. Des tartes crémeuses fusaient de gauche et de droite et, sous les ricanements des hommes, des femmes et des enfants, la tête dodelinait, maculée de chantilly. Plus loin, un concours de pêche à la ligne « miraculeuse », comme l'indiquait l'écriteau, rassemblait des enfants autour d'un bac à sable ; ils promenaient leur hameçon au-dessus d'une multitude de petits anneaux dépassant de terre, les ferraient et retiraient un objet de pacotille qui, tout de même, faisait leur bonheur. Martial regrettait l'absence de Martin.

– Je suis sûr que le petit se serait bien débrouillé à ce jeu-là !

Lucia le regarda. Ses yeux le remerciaient de penser à son enfant. Elle glissa sa main sous l'avant-bras de Martial, qui sentit aussitôt un tremblement le parcourir de la tête aux pieds. Il fendit la foule de plus belle, certain d'être à cet instant l'homme le plus chanceux à des kilomètres à la ronde. Un manège de chevaux de bois tournait en musique ; s'y pressaient des garçons et des filles en bas âge. Des coupeurs de carottes armés d'un hachoir tentaient de trancher le légume au sortir d'une goulotte verticale, des buvettes et des jeux de quilles faisaient la diversité des attractions ; quelques vacanciers accoudés au stand de tir épaulaient des carabines à plomb pour dégommer des séries de pipes en terre. Installé sur le parvis de l'église, un photographe se taillait un franc succès : quatre toiles trouées, tendues sur des châssis, permettaient d'enfiler la tête ; on devenait pilote d'aéroplane, motocycliste ou encore jeune marié.

Martial et Lucia remontèrent la rue. Parvenus à hauteur du restaurant Le Dauphin d'Auvergne, ils s'assirent à une table en terrasse et burent, piqués par les rayons du soleil. Le bal était prévu à huit heures. Martial pensa qu'avec un peu de chance ils croiseraient le violoneux sans attendre les dernières notes de musique. C'est alors qu'il aperçut Lucien Bongen se frayer un chemin, les mains au fond des poches, la casquette en arrière, le mégot au coin des lèvres. Il suivit des yeux son pas gauche et lourdaud. Lucien s'arrêta, se haussa sur la pointe des pieds, agita une main par-dessus les têtes pour attirer l'attention de quelqu'un que Martial ne vit pas tout de suite. L'autre se trouvait à une bonne vingtaine de mètres, perché sur un muret, cherchant lui aussi à se faire repérer. Enfin, il leva une main. Tourné face à la foule, son visage maintenant apparaissait nettement.

– Guérin ! marmonna Martial.

Lucia également avait remarqué la présence du marchand de grains. Connaissant Martial, elle s'empressa de le saisir par le bras.

– Moi aussi, il me tarde que vous le corrigiez, lui souffla-t-elle à l'oreille, mais, je vous le demande, pas aujourd'hui ; cela risque de faire un trop grand tapage, et qui sait si Richard pourrait encore venir jouer ! Je vous en prie !

Martial se recroquevilla sur sa chaise. Certes, il ne demandait pas mieux que de plaire à Lucia, mais il pestait intérieurement de se voir privé d'une belle empoignade avec un des rares hommes qui ne lui inspiraient aucune pitié. Pour la deuxième fois en moins d'une heure, Lucia avait passé sa main sous l'avant-bras de Martial, lequel interpréta ce geste comme la récompense d'une femme qui ne doutait plus d'exercer son pouvoir sur un être sans défense. Car c'est ainsi qu'il se considérait devant elle : totalement démuni.

« Qu'est-ce que Lucien manigance avec Guérin ? », se demanda-t-il, soudain soucieux.

Bongen avait rejoint le marchand de grains au pied du muret. Les deux hommes s'entretinrent un instant, puis ils disparurent, pris par la foule en direction de la salle des fêtes. Lucia s'était redressée ; à présent, une pointe d'inquiétude se lisait dans ses yeux. Martial remarqua qu'elle balayait les passants du regard, cherchant à identifier une silhouette, à moins que ce ne fût un visage connu, ce qui ne le troubla pas plus que ça. « Bien sûr, elle voudrait voir passer l'autre violoneux ! », songea-t-il.

Pour la circonstance, une buvette avait dressé quelques tables à l'heure du dîner. Les rues s'étaient vidées, et ceux venus de loin, désireux de danser, se félicitaient de pouvoir manger sans avoir à casser un gros billet dans les restaurants où, dès le septième coup de cloche, les plus nantis s'étaient précipités.

Martial et Lucia dînèrent agréablement. La chaleur étouffante de l'après-midi avait peu à peu cédé du terrain ; un air léger porteur de parfums sauvages luttait contre les odeurs de viandes grillées. Le ciel commençait à virer, le couchant se zébrait en une lierne orangée reliant les plateaux.

Soudain, les premières notes montèrent, légères, suaves, comme transportées par une nichée d'oiseaux par-delà les toits.

– La parade ! cria quelqu'un.

Lucia releva la tête, étourdie. Son cœur s'était emballé, ses yeux s'embuèrent. « C'est lui ! », balbutia-t-elle. Le violon se rapprochait. Il montait, depuis le bas du village, à la salle de bal. Il l'ouvrirait, le temps que les danseurs se trouvent, lancerait les couples sur la piste, puis s'écarterait au profit de l'orchestre. C'est ainsi qu'il se produisait : en alternance avec les musiciens. Il passa, traînant à sa suite ceux et celles qui, déjà, trépignaient. Il passa sans la voir ; ou il ne la reconnut pas ; ou il ne le montra pas.

Il passa, souriant.

Lucia avertit Martial qu'elle attendrait le premier intermède pour se présenter à lui. Elle irait à l'arrière de la scène et l'attendrait. Martial regarda le violoneux s'éloigner, admira sa silhouette filiforme que terminait un large chapeau en feutre noir, mais aussi la finesse de ses traits, la grâce avec laquelle il maniait l'archet. « Son violon magique... », songea-t-il. De fait, le crin caressait l'acier sans que l'interprète donne l'impression d'appuyer ses mouvements.

Il termina sur une note enlevée, un son éphémère suspendu aux ailes du temps, un finale digne d'un virtuose, déclenchant une nuée d'applaudissements. Déjà l'accordéoniste étirait son soufflet, pianotait la nacre. On se préparait à valser.

Lucia s'avança au-delà d'un lourd rideau pourpre. Richard tournait le dos aux coulisses ; il avait rabattu le couvercle de l'étui sur le violon et s'apprêtait à partir.

– Richard !

Il se retourna, fit face à Lucia, esquissa une mimique d'étonnement, descendit les quatre marches montant à l'estrade. Ses yeux noisette brillaient sous deux fines arcades de soie noire, ses traits que reflétait une imperceptible transpiration s'étiraient dans un large sourire.

– Nous nous connaissons ? demanda-t-il d'une voix engageante.

Elle ne sut que répondre, sinon hocher la tête. Jouait-il la comédie ? Ou bien Lucia, parmi tant d'autres filles prises au hasard de ses tournées, n'était-elle qu'une de plus sur une longue liste dont il ne pouvait se souvenir ?

– Il y a six ans, asséna-t-elle froidement, à Châtelguyon, dans la nuit du 18 au 19 août... Depuis, je suis mère d'un enfant venu au monde anormal.

Richard partit d'un grand éclat de rire.

– Et vous venez, là, tranquillement, me trouver pour me faire avaler que c'est moi le père ! On m'a fait le coup si souvent !

– Ne riez pas, gronda-t-elle, effondrée, parce qu'avant vous il n'y avait eu personne et il n'y a eu personne après ! J'ai attendu six ans. J'espérais que...

Elle avait porté ses deux mains sur son ventre, les larmes ruisselaient sur ses joues. Impressionné, Richard cessa de rire. Son visage s'était chargé de colère. Prenant Lucia par une épaule, il la poussa sèchement vers l'extérieur.

– Venez, nous trouverons sûrement un coin plus au calme pour parler de tout ça...

Ils quittèrent la salle des fêtes. Plus loin, la valse achevée, les danseurs battaient des mains et des pieds, dans un vacarme assourdissant.

20

Martial avait trouvé une pierre pour s'asseoir, près du side-car. Une demi-heure s'était écoulée ; il attendait. Au-dessus de lui, les étoiles incendiaient une voûte couleur d'encre. Il avait oublié son tabac et il tentait de tromper l'ennui en tressant un bouquet d'herbe arrachée au talus. Lorsque enfin Lucia apparut au bout de la venelle, il sentit une flèche lui percer le ventre. « Ils ne sont pas restés longtemps ensemble... Et si elle venait m'annoncer qu'elle partait avec le violoneux ? », songea-t-il, pris de panique. Mais, très vite, il remarqua sa démarche hésitante, ses épaules courbées ; et, quand elle s'arrêta à un mètre de la moto, quand il vit son visage ravagé par le chagrin, il comprit qu'il n'avait aucune crainte à avoir. Inconsciemment, il expulsa un long soupir de soulagement. Lucia s'était arrêtée, les bras ouverts, tête basse. L'ovale de son visage disparaissait sous la masse de ses cheveux. Martial alors s'avança, courbé, glissa une main sous le menton de la jeune femme et dit de sa voix la plus douce :

– Parlez-moi, ça vous soulagera.

Accrochée à cette main, elle parvint à balbutier :

– Il... il m'a ri au nez. Il m'a dit que j'étais folle et que si toutes venaient lui raconter pareilles sornettes, il passerait son temps à nous épouser les unes après les autres... Et il m'a renvoyée en m'ordonnant de ne plus jamais chercher à le revoir.

– Joli coco ! Mériterait une belle raclée !

– Je vous en prie, le supplia-t-elle, pendue à son bras, allez le trouver, expliquez-lui que je ne mens pas, s'il vous plaît. Martial, je vous en prie, s'il me rejette encore, nous rentrerons... S'il vous plaît !

– Bon, je... Pour vous, je veux bien essayer.

Il se dirigeait vers la salle des fêtes, lorsque son attention fut attirée par un attroupement devant une porte de grange, en retrait du bistrot, face à l'église. Des cris de femmes couvraient un bourdonnement de voix. Il s'approcha. Jouant des coudes, il parvint à l'orée d'un cercle. Au milieu gisait un homme. Agenouillé près de lui, le maire de Saint-Gervais manifestait son impuissance par de petits gestes imprécis. Finalement, ne sachant que faire, il porta ses mains à son cou pour toute explication et se remit sur ses jambes.

– Ce gars a été étranglé, et faut une drôle de poigne pour écraser la gorge d'un homme de cette façon ! déclara-t-il. Jeannot, tâche de trouver le médecin, et dis-lui de rappliquer.

Martial eut un mouvement de recul : l'homme étendu sur le sol n'était autre que Richard, le violoneux.

– J'ai vu qui a fait le coup, cria soudain quelqu'un. Parfaitement, je l'ai vu se sauver comme je passais. Je me suis demandé pourquoi il foutait le camp en courant, alors j'y suis allé voir, et c'est là que j'ai trouvé l'autre, raide sur le carreau.

– Mais qui as-tu vu, sacré bon Dieu ? grommela le maire.

Les gens s'écartèrent. Guérin fit trois pas en avant. A sa suite, collé à ses basques, Martial aperçut Bongen, resté en retrait. Mains dans les poches, ce balourd balayait le sol de ses yeux. Planté à la tête du cadavre, le marchand de grains eut un instant d'hésitation, fit mine de chercher un visage, puis il pointa le doigt en direction de Martial et hurla :

– C'est lui, là, le grand, je l'ai vu s'enfuir de mes propres yeux ! Oui, c'est cette brute de Flora ! Parfaitement ! Et je vais vous dire pourquoi : parce que sa putasse d'Italienne en pinçait pour le musicien, et qu'elle voulait partir avec lui !

Tous se tournèrent vers Martial, qui ne broncha pas. Aussitôt les regards se chargèrent de haine. Mais il n'y prit garde, encore abasourdi par ce qu'il venait d'entendre.

– Tu vas te taire, dis, sacrée charogne ? tonna-t-il, hors de lui, le poing tendu. Attends un peu que je te cramponne, tu vas...

Il s'interrompit. Déjà, un cercle d'hommes se formait, menaçant de se refermer sur lui. Il comprit le danger qu'il courrait à tenter de se saisir de Guérin, alors, lentement, il recula et commença à distribuer des coups à ceux qui essayaient de le prendre par la chemise. Martial eut tôt fait de se dégager – derrière lui, on se tenait la tête, le nez, la mâchoire –, de rejoindre son engin et de le mettre en route. Lucia installée dans le side-car, ils quittèrent Saint-Gervais. Le bal s'était interrompu. Tous les hommes dévalaient la rue à sa poursuite.

– Me voilà accusé de meurtre ! gueula-t-il cherchant à couvrir le bruit du moteur. Ça, c'est le bouquet ! Ce fumier a bien manigancé son coup !

– De qui parlez-vous ?

– Du marchand de grains ! Il...

– Guérin est mort ?

– Non, pas lui, le... le violoneux ! Étranglé, y paraît ! Et Guérin m'a tout mis sur le dos.

– Vous avez tué Richard ? hurla Lucia, à demi dressée dans le side-car.

21

– Pourquoi Guérin aurait tué Richard ? Il ne connaissait même pas son existence ! gémit Lucia.

– Mais bon Dieu ! puisque je vous dis que j'ai même pas eu le temps de lui causer, à votre marchand de chansons !

Martial se laissa tomber sur les marches. Lucia ne semblait pas vouloir entendre. Assise sur le lit, elle sanglotait, hantée par l'image de Richard succombant sous la pression de deux énormes mains.

Puis ce fut le silence. Un silence pesant, lourd de conséquences, en rien semblable aux longs moments de paix des soirs précédents. La forêt se détachait dans le clair-obscur ; aucun souffle ne troublait le passage du jour à la nuit. Ce soir, bruissements et murmures ressemblaient à des rumeurs menaçantes.

« Je ne peux pas rester ici, c'est le premier endroit où ils viendront me chercher, et ils ne seront plus longs à débouler », songea le géant.

Il se releva, pénétra dans la maison. Sa décision était prise : il partait. Lucia se tenait tête basse. Les mains posées sur ses cuisses, le regard fixé sur le sol, elle ne pleurait plus, mais des larmes coulaient encore sur ses joues.

– Je m'en vais. Ça n'arrangera pas mes affaires, mais si je veux mettre la main sur Guérin et Bongen, j'ai pas intérêt à me retrouver en cabane. Il va falloir qu'ils s'expliquent, ces deux-là ! C'est moi qui vous le dis !

Dans une musette, il fourra tout ce qui lui parut nécessaire à la survie en forêt, puis il récupéra son argent derrière la pierre, roula une couverture qu'il ficela à la bretelle de son bagage et se chargea du tout. Tourné vers Lucia, il ajouta :

– Je regrette que vous refusiez de croire à mon innocence... J'espère un jour vous prouver que je n'ai jamais levé la main sur votre ami. Adieu, maintenant, et prenez bien soin du petit Martin.

Le side-car rentré dans la cabane à outils, il récupéra sa hache, gagna la rivière et fit glisser sa barque. Ayant gagné le large, il souqua à contre-courant.

Il ne lui fallut guère de temps pour atteindre le méandre de Queuille, accoster sur le versant nord et tirer l'embarcation sous les arbres. A cet endroit, la forêt tenait de la forteresse. Une ronceraie luxuriante se ramifiait en paliers, rendant la pente impraticable.

« Exactement ce qu'il faut pour décourager les fouineurs », se dit-il, confiant.

Ce n'était pas à proprement parler une clairière, mais une aire restreinte – suffisamment déboisée à une époque pour qu'un original ait songé un jour à y construire deux maisons, avant que la nature ne retourne à son état sauvage – à laquelle il parvint après bien des efforts. Abandonnées – avaient-elles jamais été habitées ? –, l'une ou l'autre constituait un excellent refuge pour un fuyard. Il n'y avait, jusqu'à ce petit coin de terre isolée disparaissant sous la frondaison, connu sous le nom de Murat, aucun chemin d'accès visible depuis les routes des plateaux ; tout juste trouvait-on, à cheval sur l'arête, à l'avancée des terres, un sentier grimpant en direction du village du Bouchet-Saint-Gervais.

« Personne ne vient plus jamais par ici », se rassura Martial.

Un coup d'épaule et la porte céda. La pièce était vide et, démeublée, paraissait immense. En fait, il n'en était rien. Un âtre occupait un des pignons ; le contrecœur taché de suie grasse prouvait le bon fonctionnement du conduit. Dès la nuit tombée, il pourrait y faire du feu. D'ailleurs, il ne comptait utiliser la baraque que par temps de pluie, et de froid, il passerait le reste du temps dehors et dormirait à la fraîche. L'hiver, il demanderait à sa mère de le cacher les nuits de forte gelée ou de neige.

– L'hiver ! se surprit-il à dire à haute voix. Mais d'ici là, j'espère que tout sera fini, d'une façon ou d'une autre !

Puis, pour lui-même, faisant quelques pas, il revécut les dernières heures de la soirée. Tout s'était succédé à une telle vitesse : l'absence de Lucia, le cercle de curieux, le corps inerte du violoneux, les yeux exorbités, sur le point de bondir hors de leurs cavités, la langue violacée, la tête donnant l'impression de vouloir se détacher des épaules, et la terrible accusation de Guérin : « C'est lui, là, le grand, je l'ai vu s'enfuir, de mes propres yeux ! », ces mots qui ne cessaient de cogner en lui comme une masse.

« Mais qu'est-ce que je lui ai fait, moi, à cette gueule d'empeigne, pour qu'il me colle ça sur le dos ? Me voilà accusé d'avoir tué, me voilà recherché comme un assassin, en fuite, quoi ! Pour échapper à la guillotine, ni plus ni moins ! Comment prouver que j'y suis pour rien ? Et Lucia qui est persuadée que j'ai estourbi son violoneux ! Qu'est-ce qu'elle va devenir ? Ils vont l'accrocher et lui chercher des noises... Putain !... Et le gamin ? Martin ! Qu'est-ce qu'ils vont faire de lui ? S'ils embarquent sa mère pour un temps, sont bien assez cons pour le foutre à l'asile, oui ! Peut-être que je devrais aller le récupérer chez la Paunine, et le prendre avec moi ?... Non, mais non, je ne peux pas... Il me faut les coudées franches si je veux mettre la main sur Guérin et qu'il crache le morceau. Guérin et Bongen, d'ailleurs ! »

22

Le pleutre Bongen, s'il n'avait rien vu, savait cependant tout de la mort de Richard. A cette heure, lui aussi, accablé de remords, se cachait. Mais de quoi, sinon de sa propre peur ? Oui, il souhaitait se venger de Martial ; ne l'avait-il pas réduit à un moins que rien devant cette femme magnifique ? Humilié, certes, il l'avait été, mais de là à faire de Martial un assassin et l'envoyer à l'échafaud !... Après tout, n'était-ce pas lui, Lucien Bongen, nigaud devant l'Éternel, qui s'était permis le premier de foutre le bazar ? Fait-on faux bond à son seul ami, quand celui-ci compte que vous l'aidiez à ne pas mariner toute une journée dans la flotte, sous prétexte que la paresse vous a vacciné dès la naissance contre le moindre effort ? L'humiliation était-elle si grave, le mal si grand, qu'ils ne pussent être réparés que par une vengeance dont le mobile, aujourd'hui, le dépassait totalement ? N'eût-il pas été plus convenable de reconnaître sa faute et de laisser glisser ? Somme toute, déçu, Martial avait réagi selon sa nature, point. Et sans doute aurait-il fini par pardonner. En vérité, son tort avait été de s'enticher de l'Italienne et de l'installer dans les bas-fonds. Comme tout un chacun l'eût fait à sa place, le malheureux Bongen, sevré des plaisirs charnels les plus élémentaires, ne s'était guère retenu de fouiller des yeux le corps de Lucia flambant sous la blouse légère. Le temps d'un regard, et Lucien s'était fait prendre au piège sournois de la séduction.

Elle avait enflammé ses rêves, comme elle enflammait les rêves de Guérin depuis ce jour où, à Charbonnières, alors qu'il triait ses sacs, Lavédrine s'était amené, accompagné de Lucia, lui demandant s'il verrait un inconvénient à louer sa pièce du haut à cette femme et à son fils. « Temporairement ! », avait ajouté le maire, clin d'œil à l'appui. N'était-elle pas fille-mère ? Seule, donc vulnérable ? Le marchand de grains vit là son avantage, il accepta. Mais pour avoir voulu le vérifier, il l'avait tenue dans ses bras et s'y était brûlé. Dès lors, prêt à tout, corps et âme chavirés, il aurait sacrifié des années de dur ouvrage, envoyé promener femme et enfants, vendu les terres, la maison, renoncé à sa fortune pour l'unique plaisir d'exulter chaque jour près de celle qui avait remué, puis déterré l'homme amoureux en lui. Que s'était-il passé pour que sa raison chancelle, qu'il en perde le boire et le manger, qu'il devienne cet homme atone, irritable, promenant un regard morne sur le monde ? Rongé par ce feu confiné aux entrailles, Guérin crevait d'envie, de jalousie, se perdait en conjectures primaires. Pourquoi aussi l'Italienne se donnait-elle à cet abruti de Flora, qui, en dehors de sa force exceptionnelle, n'avait à lui offrir que ce coin de terre ridicule n'appartenant à personne, et une baraque en bois ? Alors que lui, commerçant aisé, pourrait lui apporter toute l'attention qu'elle méritait. Un mot d'elle, un seul, et il lui offrait le monde. Mais d'abord, Flora, ce minable, cet emmerdeur, qu'il fallait éliminer, faire disparaître, et peu importait le prix à payer. En venir à bout à mains nues, d'homme à homme, eût ajouté à sa gloire, mais

Guérin savait : attaquer cette montagne de front tenait de l'impossible. C'était se sacrifier sur l'autel de la déraison. Mieux valait faire preuve de subtilité, peut-être même parier sur le hasard ou sur la chance pour le prendre à revers et le faire tomber. Cela prendrait le temps nécessaire, mais l'occasion se présenterait. Cela aussi, Guérin le savait. Et c'est bien le hasard qui avait fait surgir ce violoniste, le hasard encore, à moins que ce ne fût la chance, cette fois, qui l'avait amené, avec Bongen, à suivre les pas de Lucia, puis à surprendre sa conversation, dans les coulisses de la salle des fêtes, avec le père de son enfant. Le saltimbanque avait refusé de l'entendre davantage, et il l'avait entraînée au dehors où, à l'abri des regards, tapi dans l'ombre, il avait renvoyé la sotte sans ménagement, avec la violence d'une gifle. Dans l'ombre ! Précisément, Guérin s'y trouvait : le moment était à l'action, l'occasion ne se représenterait pas de si tôt. Mais ce n'était pas à lui de commettre le geste ; attenter à une vie n'était pas à sa portée, oser n'était pas son fort, pas assez de caractère, de gueule. C'est à un autre qu'il avait délégué sa lâcheté, qu'il avait remis son pouvoir criminel, un autre plus bête, plus sourd que lui, doté de mains et de bras puissants, capables d'exercer une pression comparable à la mâchoire d'un étau.

Bongen n'était plus là, il s'en était allé boire, noyer dans le vin le peu de courage qui, chaque matin, lui donnait suffisamment d'allant pour quitter les draps et se vêtir. Un autre l'avait remplacé. Et celui-là, la vue de quelques billets avait suffi à en faire un meurtrier.

Après ? Ce fut un jeu d'enfant de se proclamer témoin du drame ! Sa position d'honnête citoyen, face à un coureur des bois, pèserait lourd dans la balance de la justice, et c'est en toute tranquillité qu'il se rendrait à la gendarmerie signer sa déposition.

Alors, commencerait la chasse à l'homme. Eh ! Flora, c'est parti ! Cours, joli cœur ! Les chiens sont à tes trousses, les entraves se tendent, les filets se dressent, leurs mailles serrées te font de l'œil. Tôt ou tard, tu gigoteras au fond d'un trou en attendant d'être raccourci. Guérin pouvait s'en remettre aux lois de son pays et envisager une existence nouvelle. Bien sûr, jusqu'à l'arrestation de Martial – qui ne saurait tarder –, il devrait prendre garde, mais après, comme la vie serait simple ! Il ne lui resterait plus qu'à cueillir Lucia. A jamais brisée, sans le sou, sujette à la vindicte populaire, la malheureuse serait à ce point défaite qu'il lui suffirait d'un geste pour enfin toucher au bonheur. Alors, il l'emmènerait, ils quitteraient Saint-Georges pour la ville, où l'anonymat deviendrait leur plus sûr refuge...

Lucien Bongen également rêvait de départ. Incapable de courage, il repoussa l'hypothèse d'aller trouver Martial et d'avouer sa complicité ; la peur d'une raclée magistrale lui coupa toute envie de bien se conduire. Rentré chez lui, le gros garçon rendit le vin de l'après-midi et, étendu sur la paille du fenil, s'attribua à lui-même le titre d'être le plus veule que la terre eût à porter. A peine deux heures plus tard, il quittait les lieux. Emportant tout l'argent de la maison, billets et louis d'or, dissimulé sous une pile de draps, il sauta dans la camionnette et prit la route. Sans doute, il dépenserait l'argent jusqu'au dernier centime, fourguerait la camionnette et s'en irait crever, méconnaissable, sous quelque porte ogivale de la vieille ville...

23

C'était donc fini. Jamais Martin ne connaîtrait son père. Martial, un autre peut-être – Lucia ne savait plus que penser –, avait brisé la chaîne déjà si faiblement tendue. Jamais plus elle ne vivrait dans la perspective d'un bonheur simple, jamais plus l'espoir ne ferait battre son cœur. Richard vivant, elle aurait invoqué le Diable, abattu les murs de l'enfer pour voir ses efforts récompensés. Quelle faute avait-elle commise pour mériter semblable châtiment ? Était-ce trop demander que d'espérer un miracle réservé à ceux qui aiment ?

Elle erra une bonne partie de la nuit, ne trouvant aucun repos. Abandonnée, sans solution, découragée, elle ne prit pas garde au ciel où brillait son étoile et finit par sombrer dans un sommeil peuplé de têtes grimaçantes, de mains larges et puissantes, prêtes à broyer.

Il faisait à peine jour lorsque les premiers gendarmes débarquèrent, cognèrent à la porte, appelèrent, puis firent trembler le plancher, armes à la main, pour tomber sur une maison vide.

24

Après reconnaissance des lieux, Martial était reparti. Une seule cache lui semblait dérisoire. Murat n'était pas introuvable et il présageait avec raison des forces que mettrait la justice lancée à ses trousses. La Sioule traversée, la barque de nouveau hissée à couvert, il entreprit de gravir à travers les lacis de ronces et de branchages la forte pente de la forêt du Paradis, aboutissant au village de Queuille. Parvenu près de l'église, exténué, les muscles des jambes endoloris, il se donna le temps de récupérer. La nuit découpait les toitures des premières maisons. Martial repéra les tuiles neuves brillant sous la lune, abritant la bâtisse principale des Bongen. Délaissant sa musette, il traversa le parvis, prenant soin de ne pas racler le gravier de ses gros godillots. En l'absence de chien, il se hasarda par la cour sans craindre d'être repéré, sachant que la chambre de Lucien donnait sur le balcon courant le long de la façade. Un avant-toit créait une zone d'ombre, à laquelle il dut s'habituer avant même de faire le premier pas dans l'escalier. Par chance, les vieilles marches de chêne demeurèrent silencieuses sous son poids, et c'est en progressant les pieds bien à plat qu'il parvint à la bonne porte. Celle-ci ne geignit que très faiblement sur ses gonds ; ouverte, il vit alors à la flamme de son briquet les tiroirs chamboulés de la commode, puis la penderie dépouillée de ses vestes ; les portemanteaux jetés en vrac, comme ultime témoignage, prouvaient la précipitation avec laquelle Bongen avait préparé son bagage et pris la fuite. Martial descendit dans une des dépendances habituellement réservée au stationnement des engins agricoles et véhicules utilitaires. Il n'y manquait que la fameuse camionnette au volant de laquelle Lucien aimait à se pavaner du matin au soir.

– La charogne, il a bel et bien filé ! grinça-t-il, étouffé par la rage.

Il regagna l'église, vidé, la bouche sèche et amère. Prenant les murs pour appui, découragé, il se laissa choir sur le sol. La fatigue l'anéantit peu à peu, mais il ne pouvait prendre le risque de s'endormir. Puis, il se rappela qu'il n'avait emporté aucune provision dans sa musette, et qu'il lui faudrait chaque jour chaparder un peu de nourriture en plus du gibier qu'il se proposait de capturer. Pour la connaître sur le bout du doigt, il savait que la forêt pouvait nourrir un homme au-delà de ses espérances ; mais, soudain, l'entreprise lui parut insurmontable : échapper aux recherches signifiait se tenir en éveil constant, jour et nuit. Il comprenait maintenant qu'à la longue, la performance demandait une résistance morale qu'il doutait de posséder.

Ce que Martial espérait, prostré à même la muraille de l'église, à cette heure de lune pleine, c'était, au-delà du réconfort, un secours quelconque, une aide inattendue. Comme ce jour de juin, vingt ans plus tôt, lorsque, traversant une pâture pour épater une poignée de gamins de son âge, il avait eu l'idée ridicule d'aller tournoyer devant un taureau déjà énervé par les piqûres de taons que l'orage en préparation obligeait à faire provision de sang. Son agilité à éviter la première charge de la bête n'aurait sans doute pas suffi à le tirer d'affaire si, ce jour-là, le propriétaire n'était intervenu. Dans un volte-face imprévisible, l'animal avait coupé la retraite de Martial. Ne lui restait qu'à s'aplatir au sol, s'allonger, ne plus bouger, espérant que l'animal, se laissant prendre à cette feinte grossière, l'enjambe et l'oublie. Mais hélas, le taureau s'était acharné et, chargeant tête basse, l'avait heurté, le roulant sur lui-même, lui brisant l'épaule. Le paysan, voyant ce grand escogriffe à deux doigts d'être encorné pour de bon, n'avait pas hésité à enjamber l'enclos et à s'interposer entre le gamin et l'animal. Il s'était approché suffisamment près de son taureau pour l'apostropher de sa voix rude, attirer l'attention sur lui et le détourner de sa victime. Sonné à demi, criant de douleur, Martial avait réussi à se glisser sous la barrière. Plâtré, bandé, le bras en écharpe, il avait dû patienter deux longs mois avant de retrouver l'efficacité de ses gestes.

Aujourd'hui, il mesurait combien les risques étaient grands d'aller narguer son destin. La fuite imprévue de Lucien lui ôtait ses plus fougueuses espérances. Guérin, il s'en doutait, resterait difficile à approcher ; le marchand de grains, malin, saurait faire jouer ses multiples relations dans le pays et fondre ses pas aux traces marquées sur les chemins.

Quant à lui, obligé de circuler de nuit, ne pouvant risquer d'être vu au grand jour, ayant tout à craindre d'une dénonciation, il devrait passer le plus clair de ses journées à se terrer au fond des trous les plus sombres.

« D'homme des bois, me voilà devenu chat-huant, à présent ! » se dit-il dans un sourire forcé.

Il décida de passer le reste de la nuit dans l'église, et même la journée du lendemain, sur la plate-forme du clocher, certain que personne n'aurait la curiosité d'y monter. Mais, avant de s'installer, il fit une dernière visite dans la grosse bâtisse des Bongen. Dans le cellier, il découvrit de quoi lui faire oublier sa faim.

« Ils croiront que Lucien est passé par là avant de s'envoler ! »

25

Les gendarmes arrivèrent aux alentours de huit heures. Une centaine d'hommes, sous les ordres d'un capitaine, se déploya avec la ferme intention d'acculer un gibier que sa parfaite connaissance des lieux rendait difficile à débusquer. Terrain propice à l'encerclement, la vallée fut investie en plusieurs points le jour même.

– Messieurs, annonça le capitaine Sandini campé devant ses troupes, c'est un entonnoir, nous nous contenterons donc de descendre au fond et d'en remonter avec notre homme. Je compte que tout soit terminé d'ici ce soir !

Il en surgit à la fois de Vitrac, de Queuille, de Montfaucon sur le versant sud, du Bouchet et de Charnetier sur le versant nord, que l'on vit glisser mètre après mètre en direction de la Sioule. « Tirez si nécessaire, après sommations ! », hurla Sandini. On les vit encore s'enfoncer sous la frondaison, puis disparaître, la gueule de circonstance, casqués, la poitrine ceinte de brelages, armés de fusils, dans un impeccable alignement militaire. Mais, bien vite, les belles lignes se brisèrent. Une heure plus tard, le terrain déclaré impraticable, ordre fut donné de faire demi-tour. Ils réapparurent, essoufflés, le casque à la main, la vareuse déchirée amplement ouverte sur des poitrines suffocantes. « A part les sangliers, qui d'autre pourrait se faufiler là-dedans ? » Il fallut mettre sur pied une nouvelle stratégie. Elle consista à parsemer de gendarmes les points de passage les plus évidents, tels le barrage, la maison de l'« assassin », Vitrac, Queuille, et, curieusement, Yrond, un hameau haut perché, mais loin en retrait au-dessus de la vallée. Le capitaine, soucieux de remotiver ses troupes pantelantes, lança alors d'une voix que rien ne pouvait faire douter :

– L'entonnoir paraît imprenable, soit ! N'en déplaise à *monsieur* Flora, qui s'imagine peut-être nous voir plier bagages aussitôt, nous nous contenterons d'en occuper les bords et y resterons collés comme des mouches sur un verre !

Satisfait de sa formule, il se tourna vers ses subalternes et, concernant le choix d'Yrond, ajouta :

– De là-haut, à la jumelle, on verrait un serpent se glisser sous les herbes.

Une patrouille se rendit au hameau de Queuillette former les faisceaux à proximité de l'habitation de Louise Flora ; d'autres arpentèrent Saint-Georges. Par escouades, elles investirent sans ménagement les granges, les remises, les garages, les caves et les greniers, subissant la grogne des habitants mécontents d'être soupçonnés de soustraire à la justice un monstre capable de séparer une tête d'homme de son corps par la seule pression de ses mains.

Le village semblait avoir basculé cul par-dessus tête. Après le passage des gendarmes, il fallut remettre de l'ordre, et l'on ne se priva pas de tonner contre le peu de cas que faisaient des affaires des autres ces prétendus soldats de la République. Chacun au faîte de sa colère, l'effervescence gagna et l'on vit bientôt les hommes les plus décidés aller trouver le maire et s'élever contre les humiliantes perquisitions. Et puisque les pandores se révélaient incapables de débusquer l'assassin, tous furent unanimes pour prévenir que, dès la nuit venue, ils se tiendraient, pétoire à la main, prêts à flinguer « le premier con en balade ».

26

Réveillé à la pointe du jour, Martial avait assisté depuis son perchoir au déploiement des forces de gendarmerie. Sous son nez, une cinquantaine d'entre eux se tassaient dans l'ombre du tilleul quatre fois centenaire, en attendant de former la ligne et de se couler dans ce maquis impénétrable, au plus fort de la pente.

« Je leur donne pas vingt minutes pour rebrousser chemin, pensa Martial. L'emmerdement est qu'après ça, ils vont prendre racine ! »

La faim lui retournait le ventre, et c'est avec une grande tranquillité d'esprit qu'il déballa les victuailles volées la veille chez Bongen et mangea de bon appétit.

Dès la fin de la matinée, Queuille croulait sous le bleu marine. Sandini ayant décidé d'y installer son Q.G., vers midi des camions le traversèrent et vinrent se ranger en épis devant l'église. Sandini, sitôt à terre, se rendit au belvédère ; empoignant ses jumelles, il fouilla, partant du méandre, le versant opposé, découvrant fatalement l'émergence des toits de Murat.

27

– Au nom de la loi, ouvrez ! ordonnait-on depuis le seuil. Ouvrez, Flora, où je fais défoncer la porte !

Maintenant on tambourinait de plus belle ; le panneau vibrait sur ses gonds. Bondissant hors du lit, Lucia libéra le loquet. Six heures sonnaient à Vitrac, et c'était dans l'aube naissante, bien avant que les gendarmes ne débarquent à Queuille.

– Police judiciaire ! gueula un grand type en civil, repoussant Lucia contre le mur. Où il est ?

Il se retourna, le visage déformé par la colère, pointant son pistolet sur elle dans un geste machinal.

– Je ne sais pas, il a fait son sac et il est parti hier soir, sans rien dire.

– Il est à pied ?

– Je... Oui, je crois.

– Vous êtes Lucia Poncini ?

– Oui.

– Habillez-vous, prenez vos papiers d'identité, quelques affaires et suivez-moi !

– ... Pourquoi ?

– Exécution !

L'homme ne plaisantait pas. En hâte, elle entassa dans une petite besace de toile brune quelques vêtements et son nécessaire de toilette, puis emboîta le pas du grand type, engoncé dans une veste de tweed – ridicule en cette saison –, jusqu'à un fourgon aux vitres sales, où elle s'assit, en pleurs, sous le regard impassible de quatre gardiens de la paix.

– Je vous emmène au dépôt, pour interrogatoire, lança l'inspecteur.

– Mais, monsieur, je n'y suis pour rien, fit-elle d'une voix que l'angoisse étranglait.

– On verra ça ! aboya-t-il.

Il claqua la portière. De grosses gouttes de sueur coulaient sur ses tempes pour disparaître dans le col de sa chemise.

– Alors, ce demi-tour, c'est pour demain ? hurla-t-il encore à l'adresse du chauffeur.

L'inspecteur prit sa place sur le siège de droite, sortit un mouchoir, s'épongea le cou, puis jura sourdement contre cette « putain de canicule ». Le fourgon effectua la manœuvre et attaqua la côte en direction de Vitrac. A hauteur de Moignoux, Lucia eut la joie de voir, sur le pas de sa porte, la vieille Paunine tenant Martin par la main. Elle fut tentée de demander à ce grand type qui semblait détenir tous les pouvoirs la permission d'aller embrasser son fils, mais elle se ravisa bien vite, de peur que le policier ne signale l'existence de l'enfant dans son rapport et ne l'envoie croupir dans quelque établissement « spécialisé » auquel elle ne voulait même pas songer. « Je ne serai pas retenue bien longtemps, un jour, peut-être deux, pensa-t-elle à juste raison, puisque je n'ai rien fait ! En attendant, Martin est en sécurité. »

28

A plat ventre sur l'étroit plancher, Martial observait le gradé assis sous le tilleul. L'homme se tenait avachi sur un siège de toile, une jambe abandonnée sur une table pliante où se trouvait un téléphone de campagne. Tête nue, il passait de temps à autre une paume distraite sur sa brosse brune, quand il ne tirait pas sur sa cigarette. A quatre heures, comme à chaque heure du jour et de la nuit, le contrepoids actionnant la cloche se déclencha. La veille, exaspéré par sa proximité assourdissante, Martial avait pris soin d'emmailloter le battant d'un bout de couverture. La cloche voltigea, égrenant quatre coups étouffés. C'est à ce moment-là qu'il aperçut les traits volontaires de l'officier. Levant la tête, Sandini dévoila des petits yeux noirs fichés comme deux clous dans leurs orbites. Sous un front bas pointait un nez assez long, par-dessus une moustache suffisamment épaisse pour envelopper la lèvre supérieure. Le regard du capitaine s'attarda sur les claires-voies couvrant les ouïes du clocher, par lesquelles on pouvait deviner la lourde masse de bronze s'agiter, puis il détourna lentement la tête. Martial s'était aplati, craignant de révéler sa présence.

A plusieurs reprises, l'officier se leva pour décrocher le combiné, ou, muni de ses jumelles, se rendit au belvédère scruter le méandre. En fin d'après-midi, la patrouille envoyée en reconnaissance à Murat fit un compte rendu négatif : l'assassin n'y était pas.

– La porte de la plus grande des deux baraques a bien été défoncée, rapporta le brigadier responsable des six hommes, mais comme le bois est pourri, bien difficile de dire si elle l'a été récemment, ou si ça remonte à six mois ou un an !

Sandini se contenta de hocher la tête, puis reprit sa place sous le tilleul et, une fois assis, se dit à lui-même : « Ce qui ne veut pas dire qu'il n'ira pas ! »

Enfin ils levèrent le camp un peu avant huit heures. Ne restait plus qu'une dizaine d'hommes, dont on assurerait la relève toutes les deux heures. Martial calcula qu'il devrait patienter encore un peu, le temps que la nuit dissimule les formes, pour se faufiler hors de l'église et s'en aller traîner du côté de Moignoux.

« Il est encore un peu tôt pour espérer sortir, pensa-t-il. Pas question, non plus, de m'approcher de Saint-Georges en ce moment, ils bouclent sûrement le pays. Pourvu que ce salopard de Guérin ne mette pas les voiles ! »

Étant parvenu à quitter l'édifice en se glissant par l'escalier extérieur attenant au clocher, il longea les bas-côtés et, depuis l'abside, se fondit entre les premiers bosquets. Retrouvant le chemin bien en deçà des deux factionnaires postés à hauteur du cimetière, chargés de surveiller tout va-et-vient en direction de la vallée, il partit au pas de gymnastique. Au fond, la Sioule opaque passait tristement sous une tranche de lune blafarde. Le halo vitreux qui s'en détachait et les étoiles si peu en beauté auguraient d'un changement de temps. Martial poursuivit sa course, songeant que, dès le matin, il lui faudrait dénicher un endroit susceptible de le garder au sec. Dévaler le ravin, passer à l'écart de sa maison – fatalement laissée à la garde des gendarmes – et contourner Moignoux enlisé dans un fatras épineux, pour surgir enfin à l'arrière du hameau, lui demanda plus d'une heure. Il se dirigea vers la maison de la Paunine, la peur au ventre, à découvert, courbé, s'efforçant de dissimuler sa grande carcasse. Contre le pignon, il s'appuya et attendit un peu, scrutant la ruelle. Seule la flamme d'une lampe dardait chez les Pic. Les autres habitations, plus éloignées, s'abandonnaient au silence des ténèbres ; ce qui ne voulait pas dire qu'à l'intérieur, tout le monde dormait.

Il griffa le bois rêche de la porte, à la manière d'un chat. La vieille, dure d'oreille, ne l'entendit d'abord pas. Alors, il toqua trois ou quatre fois. Attendit. Puis se redressa, inquiet, soudain méfiant. Peut-être, sûrement même, le découvrant dans l'obscurité, la tignasse en bataille, le visage chamboulé, allait-elle hurler de belle façon, attirant l'attention des voisins qui, sans même prendre la peine d'enfiler un pantalon, sauteraient dans leurs godillots et débouleraient, une canadienne par-dessus la chemise de nuit, le fusil à la main.

La porte entrebâillée, il vit danser la flamme d'une lampe Pigeon, puis apparaître la tête osseuse de la vieille sur laquelle s'évaporaient quelques mèches de filasse blanche. Elle referma précipitamment la porte, sans lui laisser dire un mot, libéra la chaîne et ouvrit largement.

– Bougre de grand corniaud ! couina-t-elle, comme à court de souffle. Mais qu'est-ce que tu viens te foutre dans la gueule du loup ?... Entre !

La porte refermée, Martial lâcha :

– Ici ou ailleurs !

– Mais mon pauvre, tu ne sais donc pas qu'un officier attend près de chez toi ? Sans compter qu'ils ont planté deux grandes tentes ! Ils sont bien une vingtaine à tourner autour de ta baraque !

Martial réfléchit, puis demanda :

– Comment il est, ce zèbre ?

– Je n'ai fait que l'apercevoir, mais il m'a pas l'air bien haut, avec de bonnes épaules et une moustache pareille à celle qu'avait mon pauvre Émile.

– C'est le capitaine que j'ai vu tantôt. L'animal a du flair. Faut me cacher, Paunine, parce que tant que les militaires seront là, jamais je pourrai agrafer le salopard qui a tout manigancé pour que je tombe !

De la main, la vieille femme lui fit comprendre qu'il devait parler moins fort. Au-delà du grand lit, plongé dans la pénombre, à l'angle du mur, Martin dormait sur un matelas posé directement sur la dalle.

– Bonnes gens, chuchota Paunine... Malgré sa drôle de trombine, il est quand même bien mignon.

– Et sa mère ?

– Ils l'ont emmenée, pardi ! Et me voilà avec le gamin sur les bras ! Qu'est-ce que je vais en faire ?... Ah ! je sais pas comment tout ça finira, mais tu peux te vanter d'avoir foutu un beau bordel !

– Pourtant... Croyez-moi si vous voulez, Paunine, mais s'il n'y avait eu que moi pour lui tordre le cou, le mort se porterait toujours bien !

La vieille posa sa petite main calleuse sur un des battoirs du géant et marmonna :

– J'avoue que j'avais du mal à croire que tu aies pu tuer quelqu'un. Je te connais bien, va ! Mais alors, qui ?...

– J'ai ma petite idée. Attendez que le galonné s'en retourne, et vous verrez...

Paunine le fit asseoir. Puis elle déposa sur la table de quoi l'abreuver et le restaurer.

– Mange, tu n'as pas dû faire bien gras depuis hier ! Ils sont venus fouiller, ajouta-t-elle plus durement, et ils se sont pas gênés de tout foutre en l'air, ces cochons-là. Mais, maintenant, m'est avis qu'ici, tu devrais être en sécurité.

– Vous acceptez de me cacher ?

– Je vais tout de même pas te laisser dehors, avec cette meute aux fesses !

– Ah ! Paunine, merci. Décidément, vous êtes une femme de bien.

Martial se leva pour saisir les mains de la vieille, mais elle se débattit, peu habituée à de telles félicités.

– Mange donc, au lieu de faire le Jacques ! grommela-t-elle, cependant heureuse qu'il lui témoigne son affection.

S'effaçant dans son dos, Paunine planta cinq doigts dans cette chevelure en débandade et marmotta :

– Si j'avais dû avoir un fils, c'est un comme toi que j'aurais voulu. Mais voilà, dit-elle encore en ricanant, Émile aimait trop vider les bouteilles pour songer à me remplir !

Martial s'endormit au côté de la vieille, sur une épaisseur de couvertures bâtie à même le sol, songeant à l'officier posté devant sa maison. Combien de temps durerait la traque ? Quatre jours ? Six, peut-être ? « Va savoir quand ce genre de type se décourage... C'est bien capable de planquer tout un mois ! » La situation n'évoluait pas selon ses souhaits. Certes, il avait prévu l'encerclement de la vallée, les fouilles dans les villages, les hameaux, la surveillance des carrefours, mais pareille obstination, jamais.

29

La pluie se mit à tomber dès le matin. Par la fenêtre, Martial vit un ciel teinté de plomb. Les nuées surchargées de vapeur d'eau avaient crevé d'un coup. Prenant enfin le dessus sur une chaleur excessive, une pluie verticale assomma les toitures. Et bientôt, une ouate nacrée, dont l'abondance escamota les formes, étouffa la vallée comme aux jours les plus obscurs de l'hiver.

– Gare ! Si le temps se détraque, on a pas fini ! lança Paunine, de retour du bûcher.

Martin ne pouvait se résoudre à abandonner son ami. Heureux de ces retrouvailles, c'est sur ses genoux que l'enfant engloutit son petit déjeuner ; ils passèrent la matinée ensemble, assis en retrait de la fenêtre.

– Ma... am... am... man ? demanda plusieurs fois l'enfant d'une voix confondue.

Martial caressa la tête de Martin appuyée contre sa poitrine et chuchota à son oreille :

– Elle va revenir, petit, elle va revenir, ne t'en fais pas. Tu n'as pas emmené ton jouet ?

Paunine répondit à sa place :

– J'ai bien essayé d'aller lui chercher des affaires, c'est que je n'ai rien pour le changer, mais va donc passer, toi, avec ces malappris qui t'interdisent le chemin !

Martial attendit la fin du jour pour emprunter la porte de l'étable donnant accès aux jardins et se glisser dehors. Protégé par un brouillard toujours aussi dense et l'arrivée de la nuit, il progressa sans peine jusqu'au dénivelé dominant les bas-fonds. La pluie persistait, mais, à cette heure, ce n'était plus qu'une fine herse d'eau. Son regard fouilla les environs de sa maison. La silhouette de la baraque disparaissait sous le feuillage détrempé ; l'esplanade menant à l'auvent s'enlisait dans les ravines, mais il eut beau fouiller l'obscurité, il ne vit aucune tente dressée à proximité, non plus la moindre sentinelle faisant les cent pas. Paunine n'avait pas menti, de cela il était certain. Alors qu'étaient devenues ces toiles de tente ? Sandini avait-il donné l'ordre de décamper ? Cela signifiait-il qu'il abandonnait les recherches ? Sans doute pas ! Trapu, large d'épaules, le cheveu ras, le regard acéré : ce n'était pas les caractéristiques de quelqu'un qui renonce !

« Non, ce gars ira jusqu'au bout, pensa-t-il, même s'il doit en crever ! Ouais... Va falloir jouer serré. »

Martial tentait de comprendre le raisonnement d'un officier rompu à l'application d'une stratégie. Des gendarmes, sûr, la région en regorgeait, mais lui, Sandini, semblait vouloir enquêter de son propre chef ; certes, envoyer des hommes surveiller la vallée depuis Yrond n'était que foutaise, mais la manœuvre présentait un avantage évident : celui d'éloigner un peloton au grand complet de la zone où il savait que Flora se terrait. Loin des mouvements de troupes, Sandini guettait les réflexes d'un gibier obligé à une mobilité constante sur un territoire délimité. En réalité, il s'en tenait aux principes fondamentaux de la chasse : attendre là où le gibier a pour habitude de passer.

Martial sauta à bas du talus, puis marcha en direction de la maison. Il était à mi-chemin entre l'orée de la forêt et les marches du seuil, lorsque brusquement il s'arrêta et cessa de lorgner à droite et à gauche pour ne plus voir que la fenêtre. Quelque chose avait bougé qui bloqua net sa progression. Malgré cette bon Dieu de pénombre, plus noire que le fond d'une poche, il était persuadé que derrière la vitre, on avait bougé. Il demeura paralysé, à court de souffle. « Dans la gueule du loup ! », se rappela-t-il soudain.

« J'y suis en plein ! », songea-t-il.

Il pivota sur lui-même, d'un bloc, la peur nichée dans les flancs, s'arracha des ravinements boueux, courut vers le talus. Déjà on bougeait dans la baraque, la porte s'ouvrait. Martial atteignit le haut du dénivelé, s'enfonça sans précaution parmi les ronciers, disparut au-delà des arbres en quinconce. Derrière lui, en contrebas, on se précipitait, pataugeant dans une terre détrempée, puis plus rien. Parvenu au pied du talus, on se refusait à le franchir et à engager la poursuite.

C'est alors qu'il entendit une voix puissante et claire, dans laquelle il sut déceler toute l'ironie contenue :

– On se retrouvera, Flora !

30

Une humidité étincelante perlait sous le soleil. L'arc des différents gramens abreuvait l'humus goutte après goutte. Dans la chaleur en devenir, des fumerolles s'évaporaient d'une confusion de mousses et de lichens. La matinée se colorait peu à peu : la brume s'effilocherait bientôt. Juillet se relançait.

Martial se dressa sur ses jambes, cambra ses reins étreints par le froid, s'étira. La veille au soir, de retour chez Paunine, il avait rassemblé ses affaires dans sa musette (elle y avait ajouté du pain, du jambon, du fromage et un litre de vin) et s'en était allé, certain que les gendarmes ne tarderaient pas à revenir mettre le hameau sens dessus dessous.

– Mais aussi, qu'est-ce que tu as été foutre là-bas ? Faut bien que tu sois un peu simplet ! s'était-elle insurgée, pleine de colère, lorsqu'il fut sur le départ.

– J'allais chercher le jouet du petit, avait-il confessé avec un sourire un peu niais.

Elle avait levé les yeux au ciel et marmonné en joignant ses mains :

– Mon Dieu, est-ce possible un crétin pareil ! Risquer de se faire prendre pour un bout de bois !

Puis, elle avait ordonné d'un ton maternel :

– Va-t'en vite, ne traîne pas !

La musette en bandoulière, sa hache à la main, prêt à franchir la porte, Martial avait croisé le regard empli de compassion de la vieille, ensuite il s'était penché au-dessus de Martin endormi, avait laissé traîner un instant sa main sur la couverture, l'avait remontée et était sorti. L'averse perdait en force. Sur le seuil, il avait expulsé un long soupir de lassitude avant de se décider à faire le premier pas, de s'enfoncer dans les bois, de remonter vers Les Suchères, en dessous de Vitrac, et d'attendre à demi éveillé le reste de la nuit sous un replat de roches.

Après une nuit passée à subir le glacis du crachin, Martial éprouva le besoin de sentir le soleil lui brûler la peau. La chaleur ne baignerait le versant que tard dans la matinée ; par ailleurs, l'émergence de la roche fichée en pleine pente, seulement retenue par une végétation de broussailles, s'avérait une cache facilement repérable. Dans l'obligation de reprendre sa course, Martial opta pour l'isolement de Murat qu'il pourrait aborder par la rivière et, en cas de danger, fuir en utilisant la barque.

Le troisième jour de chasse commençait.

Il dévala longtemps, délaissant Les Suchères, pour ensuite remonter en direction de Queuille avant de prendre sur sa droite, de se fondre dans la forêt du Paradis, dévaler encore et atteindre la Sioule où sa barque l'attendait camouflée sous les branches. Martial reprit son souffle. Quelque chose n'allait plus. Son bel enthousiasme des jours précédents s'était dissous durant ces longues marches forcées. L'interminable cavale l'épuisait. Le venin du découragement s'immisçait en lui, faisait son œuvre de paralysie. Las de courir devant, Martial avait l'étrange impression de voir son avance se réduire. Sentiment né la veille, lorsque Sandini, conscient que ni le lieu ni l'heure ne lui seraient favorables, s'était gardé de se lancer aux trousses du fuyard, se contentant de lui signaler sa présence. Sandini, rusé, sans connaissance du terrain, avait l'intelligence d'en suivre les contours et d'user de son intuition. Il lui suffisait pour cela de se déplacer d'un point à un autre plusieurs fois dans la journée, cherchant à essouffler sa proie en la pressant, et d'attendre. Ce que Martial semblait avoir compris.

Mais où Sandini avait-il passé la nuit ? Et où se tenait-il ce matin ? Était-il retourné à Queuille, s'installer sous le tilleul ? Était-il descendu au barrage ? S'apprêtait-il à rejoindre Moignoux pour fouiller les baraques ? Planquait-il déjà à Murat, dans l'une des maisons ?

Martial regarda ses mains, énormes taloches inutiles. Hier, réfugié sous le replat, il avait mesuré ce que sa force exceptionnelle supposait d'impuissance. Il se souvenait avoir lu, enfant, feuilletant une revue dans les couloirs du vieil hôpital où son père devait décéder, comment, en Afrique, des chasseurs parvenaient à tuer d'une seule balle dans la tête un éléphant mâle d'un poids dépassant les cinq tonnes. Sur la photo, le pachyderme, énorme montagne culminant la savane, couché sur le flanc, n'impressionnait plus personne. Martial laissa pendre ses mains le long de son corps ; il était cet animal que l'on cherchait à abattre pour ses capacités physiques hors du commun, mais dont la puissance n'effrayait plus.

31

Les gendarmes n'étaient pas revenus à Moignoux. Sandini n'en avait pas donné l'ordre, mais surtout il avait omis volontairement de signaler la présence du fugitif dans les bas-fonds, considérant désormais que s'il devait être pris, ce serait par lui, et personne d'autre. Martial disparu, il s'était tout naturellement détourné du talus pour regagner la maison et s'y endormir. Tôt le matin, la voiture de la relève l'emporta vers les hauteurs, où le plus gros de la troupe cantonnait à proximité de Saint-Georges, puis, dans le courant de la matinée, il se fit déposer à l'entrée de Queuillette. Là encore, hormis deux sentinelles placées à chaque extrémité de la rue principale, le hameau restait sans surveillance particulière.

Depuis qu'elle savait son fils accusé de meurtre, Louise Flora s'attendait à la visite des gendarmes. Effondrée, elle demeurait entre ses quatre murs, survivant à des nuits de cauchemars, supportant à peine la sollicitude inquiète du voisinage. Lorsque Sandini entra, elle ne releva pas la tête, ne bougea que le bras pour, d'un geste las, indiquer une chaise au visiteur, le regard collé à la fenêtre près de laquelle elle se tenait assise sans discontinuer.

– Vous ne vous imaginez tout de même pas qu'il est ici ? bougonna-t-elle.

Sandini eut un ricanement étouffé en s'asseyant.

– S'il y était, me le diriez-vous ? demanda-t-il à voix basse, écrasant ses coudes sur ses cuisses.

Louise secoua la tête.

– Croyez-vous que je livrerais mon garçon ?

– Madame Flora, je ne suis pas venu ici pour prendre votre fils ; si j'avais voulu le coincer, je l'aurais fait hier soir.

Le capitaine se redressa et ajouta :

– Mais, autant que vous le sachiez, c'est une question de jours. C'est peut-être même pour aujourd'hui.

– Vous vous croyez plus malin que lui ?

– Il se refuse à quitter la vallée, il tourne en rond ; à ce jeu-là il sera vite épuisé. Et je cherche pourquoi il agit de la sorte, pourquoi il ne s'est pas sauvé loin d'ici dès le premier jour. Quand j'aurai compris, je le cueillerai. D'ailleurs, peut-être que ça a un rapport avec vous ?

Louise le regarda.

– Vous êtes sa seule parente, reprit Sandini, il est votre seul enfant...

– Et alors ? Vous croyez qu'on se préoccupe de sa mère quand il faut sauver sa peau ?

Silence. Puis le capitaine se leva en hochant la tête.

– En effet...

Il fit quelques pas devant le buffet, sur lequel il avisa une série de photographies plaquées sous verre.

– C'est lui, là, le plus jeune des deux ? questionna-t-il.

– Oui, à côté de son père. Il a dix-sept ans. Il faisait déjà près de deux mètres, admit-elle à contrecœur.

– On voit qu'il est fort.

– Mais ce n'est pas pour ça qu'il est méchant. Il n'a pas tué, j'en suis sûre, asséna-t-elle.

– Qu'est-ce qui vous le fait dire ?

– Une mère sait ces choses-là ! Surtout quand c'est aussi grave !

Sandini enfonça ses mains dans ses poches, resta un instant silencieux, puis sortit, sans bruit.

« Ce n'est pas pour elle qu'il reste, pensa-t-il. Et ce n'est pas non plus pour l'Italienne, puisqu'elle est bouclée. Donc, il se pourrait qu'il reste pour lui, tout bêtement. Et dans ce cas, ça voudrait dire... »

Il n'alla pas au bout de son idée, préférant faire quelques pas, préoccupé, se retourner et jeter un coup d'œil vers la fenêtre. Louise Flora s'y tenait, le regard désespérément rivé devant elle : sur les champs, les bois qu'elle ne voyait pas. Il se souvint de la phrase énoncée quelques minutes plus tôt par cette femme au regard trempé : « Une mère sait ces choses-là ! » Sa voix de craie tintait encore à ses oreilles.

« Sans doute qu'une mère peut parler de la sorte, pensa-t-il, sans preuve ni rien, uniquement parce qu'elle laisse parler son cœur et ses sentiments. »

Le capitaine regagna le campement. La barque réclamée depuis la veille enfin livrée, il donna immédiatement l'ordre de la descendre au barrage et de la mettre à flot. Puis il se fit conduire à Queuille, sous le tilleul, où il décida d'attendre.

Martial se fraya un passage jusqu'aux maisons. Murat baignait paisiblement dans l'abandon. Un silence gris, en l'absence de soleil, faisait de la clairière un purgatoire oublié à l'écart de la civilisation. Il s'en approcha, observant de longues pauses tous les trois ou quatre pas, à l'écoute du plus petit bruissement, du moindre craquement. Là-haut, de branche en branche, un de ces rongeurs à la tunique rousse se plaisait à bondir. Martial ne se laissa pas distraire par les cabrioles de l'écureuil ; son regard furetait inlassablement au-delà du rideau de verdure. Sur le point de passer à découvert, il s'appuya à un arbre et décida de demeurer là, confondu à la forêt, le temps de se persuader que nul autre que lui ne se tenait présent sur les lieux.

32

Armand Guérin ne supportait plus la longue attente. Chaque heure écoulée effritait un peu sa patience.

– Nom de Dieu, qu'est-ce qu'ils attendent pour le serrer ? lâchait-il à tout instant, sujet à de sourdes colères.

Accompagné de Fréaut, chaud encore de son meurtre, le marchand de grains s'était replié en dehors du village, dans une baraque qu'il possédait sur les hauteurs de Miremont, évitant de rentrer chaque soir à Saint-Georges, convaincu qu'il avait tout à redouter de l'ombre. A deux ou trois reprises, il fut tenté de décrocher son fusil et d'aller se mêler aux recherches.

– Deux bonnes giclées de chevrotine, et Flora plierait son bagage comme tout le monde ! gueula-t-il ce jour-là, rongé par la peur.

Abattre Flora avant que celui-ci ne le chope, ne le mette en morceaux, quitte à prendre quelques mois de taule, finalement, semblait préférable à toutes les incertitudes.

– Mettons-nous à sa recherche ! Tu connais la vallée aussi bien que lui. Si Flora est capable d'amuser les flics, pourquoi pas nous ?

Fréaut venait de parler de sa voix lourde. Il quitta le bord du lit pour aller se planter devant Guérin.

Dos à la porte restée ouverte, son énorme stature assombrit le peu de lumière passant par là.

– Je m'en charge, moi, de ton Flora, dit-il, les mains ouvertes sous le nez de Guérin. Et sans fusil, encore !

Guérin repoussa sa chaise et se leva à son tour. Plusieurs fois, il tourna sur lui-même, embarrassé. Fréaut serra les poings, laissant échapper un grognement agacé. Quelque chose de farouche allumait le fond de ses yeux. A l'inverse du marchand de grains, incapable de se décider avant de longues tergiversations, il restait prompt à s'enflammer et à agir sans regarder aux conséquences.

– Ouais, on va y aller, finit par marmonner Guérin entre ses dents. J'en peux plus d'attendre, il faut mettre la main dessus avant qu'il me trouve.

– D'autant que t'auras pas à te mouiller beaucoup... Juste me conduire !

Guérin eut un sourire mauvais. Il goûtait d'avance la défaite de Flora.

33

Près des maisons, Martial ne releva aucune trace de pas récente. De hautes herbes vivaces, rafraîchies par les pluies, renflouaient les pelouses asséchées par les longues journées caniculaires. Confiant, il ouvrit la porte pour s'enfoncer dans la pénombre et déposa son barda sur la semelle de la cheminée. L'escalier montant à l'étage dormait sous une patine poussiéreuse. Les marches – la plupart vermoulues – étant incapables de supporter le poids d'un homme, il écarta l'idée de se rendre au premier visiter les chambres. Il ressortit. Murat se tassait dans une lumière d'albâtre. Un soleil soyeux d'après-midi mitigé couvait par-delà quelques buées. Les pluies de la veille avaient quelque peu chamboulé l'ordonnancement du temps ; il serait nécessaire de patienter jusqu'au lendemain pour espérer voir l'humidité délaisser les bas-fonds.

Il tourna en rond, tous sens éveillés, ne sachant où se tenir, craignant que Sandini ne surgît à tout instant. Mais, pour toute alerte, seul un babil de vent agita la cime des arbres. D'interminables heures filèrent, sculptées par des trains de nuages épais comme un limon. C'est à l'heure où la nuit sortait de terre qu'il décida de se rendre à la rivière et de s'asseoir sur le fût d'un chêne renversé. Venu à bout de son âge, le feuillu était allongé la tête proche du courant, que de probables crues d'hiver tremperaient. En contrebas, la Sioule, désenchantée, accomplissait son travail séculaire sur la roche. Enfant, à cette période de la vie où toutes sensations hérissent la peau et bandent les corps les plus vagues, il se plaisait à contempler la surface sombre de ce miroir aquatique sur lequel s'était déjà prélassé le ciel de ses ancêtres. Il se vit au côté de son père, lorsque celui-ci, dans le déclin du jour, jetait ses lignes en aval du méandre. De simples fils noués aux pouces de ses deux mains...

– Approche, lui avait-il dit un jour où tous deux remontaient les rives à la recherche d'un calme. Tu vois comme l'eau est claire près du bord ? Et noire comme de l'encre, juste après ? Eh bien ! il en est de même pour les hommes.

Devant les yeux ronds du gamin, Charles avait expliqué :

– Les hommes, quand tu les regardes, c'est la surface que tu vois, mais si tu prends la peine de te pencher un peu, tu as vite fait de constater que certains sont plus noirs que la rivière.

Guérin, Bongen surtout, étaient de ceux-là. Le regard fixé sur l'onde opaque, Martial se souvint avoir eu ses heures de bonheur et de rêve entre père et mère. Maître de son temps, il avait à son gré décidé de ses actes, comme de négliger l'école et d'errer des journées entières en forêt, à épier les animaux. Et lorsque ses courses le menaient en bordure de Sioule, de s'embusquer des heures, et à la main pêcher les écrevisses ou les vairons à l'aide d'une bouteille percée. A la mort de son père, il était devenu l'homme des bas-fonds, que l'on connaissait mal et que l'on fréquentait de loin en loin, persuadé qu'un type de cette taille, demeurant à l'écart de tous, foutu avec de telles épaules, ne devait penser qu'à mal. Des années lui avaient été nécessaires pour devenir membre de cette communauté de paysans méfiants, disséminés en des lieudits, des hameaux et des villages, trop souvent occupés à combattre la peine et la misère pour ne pas prendre le temps de juger l'homme sur la longueur.

A présent qu'une grande fatigue morale le consumait lentement, tout cela ne comptait plus guère. Bientôt, la chasse arrivée à terme, le gibier capturé d'une façon ou d'une autre, la vallée retrouverait une paix sauvage. Encore dix ou quinze ans et il ne resterait plus rien de cette histoire de colosse assassin. Martial sentit son esprit s'embrumer, se déliter, ses paupières devenir lourdes, ses épaules porter un poids inconnu jusqu'alors. Sans cohésion, ses raisonnements s'effilochèrent en un interminable monologue, lancé à l'à-peu-près, semblable à une succession de phrases débitées sans ponctuation ni respiration. A l'évocation d'un nom, d'un prénom, d'un visage, sa tête vibrait comme une caisse claire subissant une série de *ra* et de *fla* maladroitement appliqués.

Où se trouvait Lucia maintenant ? Pas plus qu'il n'avait su garder Maria, il n'avait su protéger la belle Italienne. Lui qui s'était cru capable de braver tous les dangers avait failli dès la première épreuve. Le visage de Martin lui apparut : son sourire grimaçant, qu'il savait déceler à présent, ses petits yeux étirés en amandes et sa bouche ouverte laissant passer un bout de langue humide. Séparé de sa mère, il se morfondait auprès d'une vieille femme dont on ne ferait pas grand cas s'il venait à être identifié. Le soir, Martin prenait-il Paunine par la main et l'emmenait-il s'asseoir contempler les étoiles ? Paunine aurait-elle l'idée, l'envie, la patience de lui faire répéter les mots qu'il écorchait, syllabe après syllabe ? Sans doute pas.

Loin de sa mère, il n'était qu'un enfant regardé de travers, que l'on se devait de nourrir afin de ne pas être soi-même montré du doigt. Martial se redressa. Sans lui, rien de tout cela ne serait arrivé. C'était à pleurer, à hurler.

– Je savais bien qu'on se retrouverait, tôt ou tard !

La voix avait sonné ferme et grave, comme un glas. Sursautant, Martial réalisa que depuis plus d'une heure qu'il se tenait assis sur le chêne, la nuit avait englouti la vallée. Il dévissa ses épaules pour, de trois quarts, apercevoir Sandini, en appui, un pied sur une souche, le poignet sur le genou, et malgré la noireté deviner l'arme, bien que négligemment tenue, pointée sur lui.

– Mets tes mains à plat sur tes cuisses ! ordonna l'officier.

Martial se détourna, s'exécuta et inclina la tête.

« Je n'ai rien vu arriver, rien entendu », songea-t-il, anéanti.

Las d'attendre sous le tilleul, Sandini s'était fait véhiculer jusqu'au barrage et, de là, avait ramé en direction de Murat, qu'il se reprochait de ne pas connaître. Il avait accosté bien avant l'anse du méandre. La barque tirée en partie sur la roche, il s'était assis un moment, le souffle court, puis, se dirigeant vers les baraques, s'arrachant aux ronces, avait repéré le géant submergé par le flot de ses pensées.

C'était fini. Ce dernier jour de juillet, l'éléphant était vaincu. Sandini, triomphant, juché sur sa carcasse, posait pour la postérité. Alors, qu'attendait-il pour lui lier les poignets dans ses anneaux de métal ? Martial ne se débattrait même pas. En d'autres circonstances, le galonné n'aurait pas pesé lourd. Il se serait ramassé sur son cul et, le temps qu'il retrouve la verticalité, Martial aurait été sur la rive opposée. Mais à quoi bon donner du poing ? Pour cela, il fallait une violence qu'il ne possédait plus. Sandini vint chevaucher le chêne, face à son prisonnier. Docilement, celui-ci tendit les bras, rapprocha ses poignets, les offrit aux menottes. Contre toute attente, le gendarme rengaina son arme.

– Ça t'étonne ?

Martial hocha la tête.

– Pourquoi voudrais-tu que j'arrête un innocent ?

Martial, stupéfait, se redressa.

– Vous savez que je n'ai pas tué ? marmonna-t-il.

– Il m'a fallu trois jours pour m'en convaincre. Si tu étais l'assassin, tu ne serais pas resté sur place, connaissant les bois comme tu les connais ; tu serais loin d'ici. Si tu es resté, c'est pour mettre la main sur le vrai coupable et prouver ton innocence. Je me trompe ?

– Non.

– De plus, c'est toi-même qui m'as indiqué que tu étais toujours dans les parages. J'étais à Queuille, assis à l'ombre du tilleul, le clocher s'est mis à sonner, quatre ou cinq heures, je ne sais plus, j'ai trouvé que cette cloche avait un drôle de son. Plus tard, je suis allé vérifier et j'ai vu le battant entortillé dans un chiffon. Il me restait à comprendre pourquoi tu étais toujours là.

Sandini se tut un instant, changea de position puis reprit :

– As-tu une idée de qui a fait le coup ?

Martial hocha de nouveau la tête.

– Guérin.

– Guérin ? Tu veux dire, le témoin ? Celui qui t'accuse ?

– Lui, il a commandé. C'est un autre qui a tué !

– Quelqu'un capable de broyer les vertèbres d'un pauvre type de sang-froid !

34

Matin d'août. Martial fut surpris de s'éveiller dans son lit. Cependant, meubles, rideaux, cuisinière, table et chaises, tout ce qui s'offrait à son regard, sans aucun doute, était sien. Il lui fallut remettre ses idées en place – la chose était tellement énorme ! Sandini – quel bonhomme, celui-là ! –, reparti vers le barrage, lui avait conseillé de regagner les bas-fonds et de n'en pas bouger jusqu'à son retour. Dès le matin, il irait arrêter Guérin, et il les confronterait. Et même, pensait-il, arqué sur les rames, il isolerait les deux hommes, une grange ferait l'affaire, et offrirait le marchand de grains aux poings de Martial. Jamais il n'avait vu lutter un tel colosse, et quand bien même il ne rencontrerait qu'une faible opposition, son adversaire étant loin de faire le poids, le spectacle vaudrait la peine.

Sandini avait dit qu'il rédigerait un rapport à l'attention du juge d'instruction, innocentant Lucia, et le ferait porter à la première heure, de sorte qu'elle recouvre la liberté au plus vite. Martial s'en souvenait. Ainsi, Martin allait retrouver sa mère. Certaine à cet instant de son innocence, sans doute reviendrait-elle vivre dans les bas-fonds. Peut-être même, libérée ce matin, reviendrait-elle dès aujourd'hui ! Il se leva. Lucia devait trouver une maison propre, rangée.

Il changea les draps, mit de l'ordre, balaya. Quelques fleurs dans un vase en grès flammé qu'utilisait Louise autrefois pour constituer des mères nées des reliquats de vinaigre, posé au centre de la table, apporteraient une touche agréable.

« Tiens, se dit-il, et si je mettais des nasses ? Quelques truites pour ce soir seraient les bienvenues ! Le petit adore ça. »

Il sortit chercher ses pièges. Traversant l'allée menant à la cabane, il remarqua les sentinelles postées au carrefour, hésita, puis il se rappela les paroles du capitaine : « Mes hommes auront la consigne de te foutre la paix. A condition que tu ne cherches pas à t'éloigner ! » Les deux gendarmes le regardèrent passer, puis se détournèrent. La cabane sentait l'humidité, le bois et le goudron servant à l'isolation de la toiture. Martial revit avec plaisir le side-car sous sa bâche, ses outils, ses cannes à pêche. Les nasses décrochées de leurs clous, il s'en alla les tremper.

Une journée lourde et lente s'écoula. Les préparatifs achevés, Martial s'installa sous l'auvent. Là-haut, la cloche aigre de Vitrac morcelait le temps, heure après heure. Depuis le matin, un plein soleil desséchait la vallée ; sur le sol où l'érosion mettait discrètement en valeur la pierre, l'herbe et la terre, il déroulait un tapis ajouré d'ombre et de lumière. Piquée à la cime des arbres, une clarté diaphane découvrait un ciel exsangue de menaces diluviennes. Août s'étirait ; il serait un brasier. Dès le lendemain, sans doute, Sandini lui permettrait de reprendre le chemin de Courteix. Le temps durait à Martial de revoir la tête lisse comme de l'ivoire du vieux Barand, celle chiffonnée de sa sœur Malou, également de retrouver les sensations de l'effort, l'outil à la main. Abattre sa part de travail signifierait aux yeux de tous qu'il n'était plus un homme en fuite, dans l'obligation de se déplacer de nuit, empruntant les passages des sangliers. Le soir, il ferait un saut jusqu'à Queuillette embrasser sa mère. Il resterait manger la soupe, couperait un peu de bois et irait au puits tirer une ou deux cruches d'eau. Cette fois, Louise se garderait bien de rouspéter, forcée de reconnaître qu'il était un bon gars. De retour, il prendrait Martin sur ses genoux, lui enseignerait à détacher les syllabes des mots, et lorsque l'enfant repu de fatigue s'endormirait dans ses bras, il le déposerait lui-même dans le lit, remonterait le drap. Martial s'étira. Une vie féconde l'attendait. Par amour pour Lucia, il se tenait prêt à tout, comme de quitter les bas-fonds si elle l'exigeait, de marcher à ses côtés, vers le nord ou le sud, et d'aller, en retrait, à l'ombre de son ombre.

Il était plus de sept heures quand il s'en retourna relever les nasses. Une demi-douzaine de truites se trémoussaient dans les deux cages grillagées, qu'il replongea, satisfait. Il lui suffirait de venir les chercher quelques minutes avant de passer à table. Puis il dressa trois couverts, bourra de bois le foyer de la cuisinière, mit de l'eau à tiédir et ressortit reprendre sa place. La sueur mouillait ses tempes. Sa poitrine, son dos étaient trempés. Le couchant glissait derrière les collines. La forêt, coiffée de moutonnements embrasés, périssait lentement sous le poids de la nuit. Vitrac sonna l'heure encore à deux reprises.

A dix heures passées, les phares d'une voiture aveuglèrent les haies en dessous de Moignoux. Martial se dressa. Le véhicule fit une brève halte à hauteur des sentinelles, avant d'achever sa course devant la maison. Sandini en sortit, seul. Il porta les mains à ses reins, eut une légère grimace puis, dépassant Martial venu à sa rencontre, se laissa tomber sur les marches.

– Guérin est introuvable ! lâcha-t-il. Il n'est pas réapparu chez lui depuis trois jours, ce qui prouve qu'il n'est pas à l'aise dans ses sabots.

– Et elle ?

– La Poncini ? Pas de nouvelles. Mon rapport est parti ce matin, comme prévu. Maintenant, c'est au juge de décider, pas à moi !

– Mais quand ?

L'officier haussa les épaules.

– J'en sais rien. Demain, après-demain !

Martial s'éloigna de deux ou trois pas. « Demain ! Après-demain ! se répéta-t-il, déçu. Tu parles d'une réponse, on voit bien que c'est pas lui qui est bouclé ! » Il imagina Lucia, livrée à la honte de l'enfermement ; et, sans nouvelles de Martin, au chagrin qu'elle devait en concevoir. Avait-on seulement pris la peine de la prévenir de la teneur du rapport du capitaine ?

– Bon, soupira Sandini en se levant, je remonte. Je reviendrai demain, avec de meilleures nouvelles, j'espère. Ce soir, pas la peine de poursuivre les recherches. Quant à toi, reste sur tes gardes, parce que si, comme je le pense, Guérin te court après, alors tu es en danger. Sa femme prétend qu'il se balade avec son fusil.

– Vaudrait mieux pour lui que vous le trouviez avant moi, répondit Martial, la gorge voilée.

Il s'éloigna, longeant la Sioule. Sandini le vit disparaître sous le tunnel de feuillages, puis reprit sa place au volant et démarra. Près des rochers, Martial songea qu'il était inutile de garder ses prises. Les truites rejetées dans le courant, les paniers abandonnés à la rive, il repéra une pierre plate sur laquelle s'asseoir. Il demeura là un moment. Un jet de lune piquait la surface de l'eau. Les étoiles, dont quelques-unes lui étaient connues, mouchetaient un ciel infiniment noir. Martial regretta de ne pouvoir profiter de tant de beauté, pleinement heureux. L'impatience le minait une fois encore. Il revint sur ses pas se saisir de sa couverture et gagna son lit de mousse.

35

Au matin, les trilles des oiseaux le tirèrent de son sommeil. Le jour blanchissait. Les premières couleurs dessinaient la crête bleuie des forêts. Martial se leva. La rosée inondait son visage, sa chevelure. Il fit réchauffer la valeur d'un bol de café, un jus noir préparé la veille, dans lequel il émietta un bout de pain conservé dans un torchon. Plus tard, sa chemise retirée, il s'aspergea le visage et le torse. Puis il s'appuya à la porte. L'attente commença.

En fin de matinée, ne tenant plus en place, il s'en alla débâcher son attelage. Le pied sur le levier du démarreur, il s'appliqua à dégommer les cylindres. Comme chaque fois qu'il mettait en route la moto, il prit plaisir à ressentir la compression sous sa semelle. Pesant de tout son poids, Martial imagina les segments des pistons remontant l'huile du carter dans les chemises. Le moteur tonna dès le contact établi. La première enclenchée, il libéra l'embrayage. La René-Gillet roula au centre de la clairière. Puis, ne pouvant aller plus loin, il décéléra, laissant le moteur s'étouffer de lui-même. Aussitôt la vallée retrouva sa quiétude. Il traîna le reste de la matinée, de la maison à la cabane à outils, jusqu'à plus de midi, qu'il passa sans manger. Ne sachant comment occuper son grand corps, finalement il reprit sa place de la veille, avachi dans la chaise, sous l'auvent, où le sommeil le prit.

Une heure avait passé lorsqu'il vit arriver Paunine tenant Martin par la main. Il eut tout d'abord l'impression d'être victime d'un de ces rêves, lorsque, plongé dans une somnolence légère, on est durant quelques secondes incapable de discerner le faux du vraisemblable. Mais une fois sa chaise abandonnée, il fut heureux de constater la présence réelle de la vieille et de l'enfant.

– Vous saviez que j'étais là ?

– Tu sais bien que j'ai les yeux partout à la fois ! glapit Paunine, heureuse de le revoir. Allez, installe-moi à l'ombre, parce que je sens que ça me tape sur le clocher.

Martial sortit une deuxième chaise. Martin, oubliant la chaleur, son jouet retrouvé, se plaça comme avant sur le devant de porte.

– Je n'ai plus rien à craindre, le capitaine sait que je suis innocent.

Paunine joignit ses mains, soulagée.

– Et ton Italienne ? demanda-t-elle.

– Elle devrait pas tarder à revenir. Elle aussi est innocente.

– Alors les choses vont rentrer dans l'ordre, fit Paunine, levant les yeux au ciel. Un moment, j'ai eu bien peur que toute cette histoire ne vienne chambouler notre vie à tous. Elle est si belle, si tranquille notre vallée !

– C'est pas dit que je reste, Paunine.

– Allons donc !

– Lucia ne veut sûrement pas passer sa vie dans les bas-fonds. Il faut la comprendre, c'est dur d'être isolé de tout.

– Eh bien ! mais, si elle veut fiche le camp, tu n'es pas obligé de lui emboîter le pas ! Tu te vois vivre ailleurs qu'ici ? Quand ta femme est partie, tu n'as pas tant fait de simagrées ! Et puis qui te dit qu'elle va te demander de la suivre ?... A mon avis, elle s'en fout pas mal, de toi !

Silence.

Martial baissa la tête. Ses grosses pattes allaient et venaient, pétrissant ses genoux.

– On est pourtant du même monde, elle et moi !

Paunine haussa les épaules, puis exhala un long soupir.

– Toi, tu n'as pas trop à t'en plaindre de ce monde, mais elle, regarde ce qu'il lui donne... Un goût bien aigre de la vie.

Assis dans l'herbe, Martin s'appliquait à mener ses bœufs entre le dédale de pierres. Sur le sommet de son crâne, la mèche rebelle pointait tel un jet d'eau. Il ouvrait une large bouche, insouciant, accaparé par ses jeux. Martial leva les yeux sur l'enfant, leurs regards se croisèrent. Ils se sourirent.

– Mon pauvre grand, reprit la vieille, comme pour s'expliquer, le jour et la nuit sont également du même monde, cependant on ne les a encore jamais vus vivre ensemble. Enfin, ce que j'en dis, c'est pour ton bien...

Le soleil faisait éclater les gousses des genêts. De loin en loin, sans que l'on sût comment, en l'absence de vent, une branche s'écartait, laissant les rayons balayer la clairière. Martial quitta l'auvent pour s'approcher de Martin.

– Il va rester avec moi cet après-midi, comme ça, si sa mère arrive...

Paunine se leva elle aussi, descendit les marches.

– Ma foi. Mais si elle n'est pas là à l'heure de la soupe, ramène-le.

La vieille s'éloigna, coiffée de son large chapeau de paille aux bords tombant sur les épaules. Martial la regarda s'éloigner, puis il tendit sa main. Martin le suivit près de la rivière où il faisait plus frais. L'enfant joua à jeter des pierres, tout excité chaque fois que l'une d'elles crevait l'onde endormie.

– Psss... son ! Psss... son ! hurlait-il joyeusement, le doigt tendu vers la rivière.

– Non, poi... sson ! Poi... sson ! Répète : poi... poi...

– Poi, poi, poi, poi, poi...

– Ça va, ça va.

– ... a va... a va.

– Non, poi... poi...

– Poi... poi...

– Son... son...

– Son... son...

– Poisson... poisson...

– Poi... sson... poisson...

– Oui, encore : poisson... poisson...

– Poisson... poisson...

– Bravo ! Écoute bien, maintenant, mon nom c'est Martial. Mar... tial. Allez, répète : Mar... Mar...

– Mar... Mar...

– Tial... tial...

– Tial... tial...

– Martial... Martial...

– Mar... tial... Martial... Martial... poisson !

L'attirant à lui, le géant éclata de rire.

– C'est bien, petit ! J'en connais une qui sera fière de toi !

Ils revinrent sur leurs pas. Dans la cabane à outils, Martial scia vingt centimètres d'un madrier, puis en affina les côtés, tandis que l'un des deux bouts prit forme d'étrave. Le dessus habilement dégauchi au ciseau à bois, à la gouge, ce fut un bateau façonné en un tournemain qui se devait de naviguer aussitôt. Ils retournèrent à la rivière. Martin bafouillait son langage. L'émotion l'avait envahi et son visage, sa bouche rendaient compte de son impatience.

L'embarcation se dandina dans le courant, prit le large. Martin tirait sur le fil, parfois trop sèchement, l'esquif submergé disparaissait, réapparaissait, arrachant des cris de joie à l'enfant.

– Poisson ! Poisson ! hurlait-il, le doigt pointé.

Martial hochait la tête, souriait.

Le soleil pilonna la Sioule. Un parfum de bonheur combla la vallée. La bonne humeur de Martin réjouissait Martial ; une part de celle qu'il aimait était à sa portée ; et son cœur, son esprit en prenaient possession.

Personne ne parut cet après-midi-là. La longue attente prit fin lorsque six heures sonnèrent : il fallut alors remonter sur Moignoux, où il ne fut pas simple de se séparer. Martin assista au départ de son ami, recroquevillé, refusant de lâcher la paire de bœufs et le bateau. Martial dut promettre de revenir dès le lendemain pour que l'enfant, retrouvant un peu de calme, consente à s'asseoir et accepte la nourriture de Paunine.

36

Comme la veille, Sandini arriva de nuit. Comme la veille, exténué, il s'installa sur les marches.

– Plein le dos, moi, de battre la campagne..., commença-t-il. Enfin, ce soir, j'ai au moins la certitude que Guérin est dans la vallée.

– Pourquoi ?

– On a fini par découvrir qu'il se cachait du côté de Miremont. Nous y sommes allés, mais trop tard. Des paysans m'ont affirmé avoir vu un type, le fusil à l'épaule, longer la rivière en direction de Confolant.

– Pas étonnant qu'il mette du temps à arriver jusqu'ici. C'est que ça fait une sacrée trotte, depuis là-haut !

– Donc, ça veut dire qu'il est à pied, qu'il n'a pas de barque !

– De toute façon, la rivière n'est guère navigable que dans les derniers kilomètres avant le barrage. A propos, il était seul ?

– Personne n'a parlé de quelqu'un d'autre !

– Ils sont malins ; le deuxième marche en arrière du premier, mais il est là, je le sais !

Sandini se leva, fit quelques pas, songeur.

– Évidemment, il se doute qu'il y a des gendarmes postés un peu partout, fit-il entre ses dents, et ce ne sera pas simple pour lui de t'approcher !... Alors, on va l'aider.

– Aider Guérin à me trouver ?

– Ouais. Ça n'a que trop duré, j'en ai marre de cavaler pour rien. Je vais me débrouiller pour le guider au bon endroit.

– Qu'est-ce que vous allez faire ?

– Mon métier. Toi, tu ne bouges pas, tu restes sur tes gardes, plus que jamais. Tu attends. Il peut très bien passer et arriver jusque-là. Moi, je prends un sac de ravito, je retourne à Murat et...

– Et quoi ?

– J'ai mon idée !

– Vous voulez lui tendre un piège ?

– Tu verras bien.

– Laissez moi vous accompagner...

– Non, ça demande beaucoup de discrétion et puis je préfère être seul. Mais je te promets que, si ça marche comme je le pense, tu pourras t'amuser...

Sandini s'éloigna au volant de sa voiture en direction du barrage. Vingt minutes plus tard, Martial le vit remonter la rivière, courbé sur les rames.

« Il enfonce les pelles de trop, il perd du temps et il se crève », songea-t-il, regrettant de ne pas être au côté de l'officier.

Il gagna son coin, au-delà du talus, mais ne s'allongea pas. Délaissant le matelas, il préféra s'asseoir, adossé à un arbre, enveloppé dans sa couverture, un œil sur la maison. Déjà, sous la frondaison, au plus épais, la vie nocturne s'amplifiait. Il discernait les indices, pour les plus audibles, de tout un monde invisible de jour à des yeux profanes, qu'il se faisait fort d'identifier. De temps en temps, plus évidents, étaient un froissement d'ailes, un tassement précipité de feuilles sèches et le couinement aigu d'un campagnol, l'entame d'une lutte sans merci pour la vie. Martial tendait l'oreille, prévoyant la fin tragique du petit rongeur entre les serres de la hulotte.

Lorsque Vitrac fit entendre son branle de onze heures, la nuit couvrait la vallée depuis longtemps. Ce fut en humant l'air qu'il eut la certitude de quelque chose de différent. Une odeur de brûlé, intermittente tout d'abord, puis continue, lui parvint. Un feu de feuilles et de mousses... Preuve que l'incendiaire cherchait à provoquer plus de fumée que de clarté ou de chaleur. Que fabriquait Sandini à Murat, sinon attirer l'attention ? Martial esquissa un sourire, songeant que le policier ne manquait pas de culot. « Toi, tu ne bouges pas ! », lui avait-il intimé. Devait-il obéir et le laisser se débrouiller seul ? Bien sûr, Sandini était armé, et il n'était pas homme à paniquer devant un Guérin. Mais il y avait l'autre, avec une force de bœuf, froid comme un quartier de viande. C'est de lui que Sandini devrait se méfier, si les circonstances les obligeaient à se rencontrer.

Martial atteignit les bords de la Sioule. Là-bas, en amont, une colonne de fumée épaississait la nuit. Sans la moindre pointe de vent, les volutes s'effilochaient en rameaux au-dessus des arbres. Aucun doute : on faisait du feu à Murat, pour être repéré.

37

Sandini rajouta une brassée d'herbes mêlée de mousse ; une fumée jaunâtre et matelassée s'éleva aussitôt. Content du résultat, il se retrancha dans la plus grande des deux baraques. Manipulant la culasse de son arme, il s'assura qu'une balle était engagée dans le canon, libéra la sécurité, puis la déposa sur une étagère, à portée de main, et se cala dans l'encadrement de la fenêtre d'où il surveilla le foyer par les volets disjoints. Sandini aimait ce genre de situation, lorsque les circonstances l'obligeaient à user d'intelligence et à échafauder un plan. Cela signifiait ne pas travailler à l'aveuglette, mais faire appel à son intuition, à sa science d'homme de terrain. Guérin, lancé à la recherche de Flora, éviterait-il de tomber dans le piège ? Sandini comptait sur sa précipitation, sa fébrilité, et surtout sur son manque de discernement, caractéristique de tout individu habitué à utiliser la violence comme ultime recours.

A aucun moment Sandini ne perçut le bruit de l'étrave frottant sur la roche, de la chaîne amarrant la barque, des semelles piétinant l'herbe ; il n'entendit pas la respiration saccadée de celui qui se faufilait depuis la berge. Lorsque la porte se rabattit contre le mur, il se trouvait à plus de trois mètres de son arme, les bras ballants. Dans sa tentative de lutte contre l'engourdissement, il avait abandonné sa surveillance – sans précaution, sûr de lui – pour effectuer quelques mouvements d'assouplissement. Fréaut parut à la porte, lourd, massif, d'une carrure exceptionnelle. Surpris par la présence de cet homme en uniforme, il recula d'un pas. Sandini, plus prompt, bondit en direction de l'étagère. Son arme récupérée, il la pointa sur Fréaut.

– Sors ! Recule jusqu'au feu ! ordonna-t-il sèchement.

Fréaut recula. Près du foyer, sa silhouette parut danser au rythme des flammes : énorme, immense.

« Flora a raison : c'est lui, l'assassin du violoniste, se dit Sandini, impressionné. Pas de doute, avec des pognes pareilles, il n'a eu aucun mal à lui écraser la carotide et les cervicales. »

– Si tu bouges, je te mets une balle en pleine tête ! Te voilà prévenu, ajouta-t-il en le contournant.

L'officier s'éloigna de quelques pas, fit circuler son regard aux alentours, écouta. Certain que personne n'accompagnait Fréaut, il lui dit :

– Assieds-toi, jambes allongées, mains à plat sur le sol. Exécution !

Fréaut se laissa tomber, étendit ses jambes, cala son buste, les mains légèrement en arrière des épaules. Le feu se mourait. D'un coup de godillot, Sandini écarta les braises et se plaça face à son prisonnier.

– Maintenant, je t'écoute. Mais un conseil : ne me fais pas perdre mon temps en me racontant n'importe quoi !

Fréaut ricana entre ses dents.

– J'ai rien à dire, ni à toi ni à personne ! D'ailleurs, c'est l'autre que je croyais trouver ici.

– Entre nous, je ne t'attendais pas non plus. Mais tu n'es pas sans intérêt, loin de là. Je suis convaincu de ta culpabilité. C'est toi qui as étranglé le violoniste.

– Tu as des preuves ?

– Ouais ! Tes épaules, tes bras, tes mains... C'est avec ces outils-là que tu l'as massacré.

Fréaut resta sans broncher.

– C'est quoi ton nom ? demanda encore Sandini. Après tout, j'ai peut-être déjà entendu parler de toi...

Pour toute réponse, Fréaut se redressa, ramena ses mains en avant et dit :

– J'en ai marre d'être assis, je vais me lever. Et si tu veux me flinguer, te gêne pas. De toute façon, crever comme ça aujourd'hui ou plus tard la tête coupée, qu'est-ce que ça peut foutre ?

– Tu crânes !

– Regarde, si je crâne !

Il se mit debout, marcha sur Sandini.

– Tu n'es qu'un pauvre type, lui lança l'officier. Tu as tué un jeune gars pour... pour quelques billets. L'échafaud, tu vas y grimper, fais-moi confiance ! Il s'est bien foutu de ta gueule, Guérin ! Pendant que tu te feras raccourcir, lui il pourra aller et venir en toute liberté. Tu n'as jamais été qu'un valet, un de ces crétins qu'on mène à la baguette, qui marchent toujours les yeux baissés...

– Alors, tu tires ? hurla Fréaut, avançant toujours.

– Ne me force pas à...

Fréaut fit encore deux pas. Il était déjà trop tard quand Sandini voulut réagir. D'un bond, Fréaut fut sur lui. D'une main, il s'empara de l'arme, de l'autre il le plia en deux d'un coup de poing à l'estomac. Désarmé, Sandini roula sur le sol, sans souffle. Fréaut se précipita, le retourna sur le dos, posa un genou de chaque côté de son corps, puis prit sa gorge entre ses énormes mains et serra, pesant de tout son poids.

– C'est vrai, j'ai tué le violoniste, et puis d'autres avant lui, et maintenant c'est ton tour ! Tout capitaine que tu es, tu t'es fait avoir comme une bleusaille ! Tu voulais savoir mon nom ? Alors écoute bien, tant que tu le peux : je me nomme Auguste Fréaut. Te voilà bien avancé, hein ! murmura-t-il, penché près de son oreille.

Sandini succomba, sans possibilité de se défendre, en quelques secondes, asphyxié sous les puissantes tenailles de son meurtrier. Fréaut se remit sur ses pieds, essoufflé, tant par l'énormité de son geste que par l'effort qu'il venait de produire. Puis, peu à peu, la haine disparut de ses yeux ; chaque muscle de ses bras, de ses épaules, de son dos se vida de l'afflux de sang. Lentement, son corps retrouva sa monstrueuse tranquillité. Du foyer, des fumerolles agonisantes s'échappaient en vrilles. La clairière semblait s'être débarrassée de tous les fastes d'une nuit d'été. Quelque chose d'irrémédiable submergeait le silence : la mort tournoyait, et l'on pouvait entendre des ricanements abstraits déchirer les ténèbres.

Fréaut retira sa veste de cuir et reprit la barque dérobée une heure plus tôt en amont de Murat. Remontant le courant sur un kilomètre, il rejoignit la rive opposée, à l'endroit où il avait embarqué. Là, il disparut en lisière de bois et se fraya un chemin, longeant la berge en direction des bas-fonds. Insensiblement, la nuit se retirait, délicate, légère. Fréaut devrait lutter longtemps parmi ces foisonnements de végétation avant de retrouver Guérin, comme convenu, sur les flancs boisés dominant la maison de Flora.

38

C'est Charbonnet, dit « le grand sec », le facteur de la commune, déboulant de bonne heure dans les bas-fonds, qui apprit à Martial le retour de Lucia.

– A Saint-Georges, on ne parle que de ça ! se plut à répéter le bonhomme.

Martial lui offrit un verre de vin. Ils demeurèrent silencieux. Déjà, une chaleur poisseuse détrempait la peau. Le front du fonctionnaire perlait ; il avait retiré son képi dont le pourtour intérieur était taché d'auréoles blanches. De ses manches de chemise retroussées s'échappaient deux interminables branches noueuses à l'écorce brune, parcourues de veines et de tendons. Il but, puis, cessant de mastiquer sa chique, ajouta :

– Elle est allée tout droit chez Fabre.

Martial accusa le coup, puis, son verre vidé, demanda :

– Qui t'a raconté ça ?

– Personne. J'étais sur ses talons quand elle remontait de la gare avec son baluchon. Arrivée dans le centre, elle a longé l'église pour aller cogner à la porte du médecin.

– Et alors ?...

– Alors... Est-ce que je sais, moi ? Mais, d'après l'Angeline Dupré, une heure plus tard elle était toujours pas ressortie.

Ils se turent. Charbonnet vida son deuxième verre, prit congé et s'éloigna sur le chemin de Moignoux. Martial le vit porter deux doigts au bec de son képi à hauteur des sentinelles, remonter sa sacoche d'un coup d'épaule, puis disparaître au-delà du premier lacet.

Il s'assit sous l'auvent. Son cœur battait fort. Il avait toujours en mémoire la proposition de Fabre à Lucia, quelques jours plus tôt. S'était-elle décidée à entrer au service du médecin ? Après une telle secousse, il n'y aurait rien de surprenant qu'elle cherchât à s'abriter des regards derrière la personnalité d'un homme respectable. En ce sens, Martial comprenait sa démarche. Restait à savoir quelles étaient les intentions de Fabre. Il n'avait pas tardé à s'intéresser à Lucia. Vêtue de blanc, les cheveux rassemblés en chignon, elle aurait pour accueillir la clientèle une tout autre allure que cette pauvre mère Félix et sa maigre carcasse fagotée de noir ; mais qu'en serait-il une fois la journée terminée ? Désirerait-elle regagner les bas-fonds ? Quant à Fabre, avait-il, en secret, échafaudé ce plan pour récupérer sans effort cette belle femme que le scandale anéantissait une seconde fois ? Ou bien, lasse de subir, s'apprêtait-elle à tirer un trait sur le passé et envisageait-elle de quitter le pays ?

C'est alors que Martial se décida. Afin d'échapper à ses pensées, il abandonna l'ombre de l'appentis, gravit le talus, hors du regard des sentinelles, s'enfonça dans la forêt et, en quelques enjambées, atteignit la maison de Paunine. La vieille, déjà informée du retour de Lucia (Charbonnet se chargeait de répandre la nouvelle sur son passage), avait entrepris la grande toilette de Martin. L'enfant se tenait accroupi dans le grand baquet, grimaçant, ahanant de petits cris rauques. Voyant entrer Martial, il se redressa, tendit les bras. Le géant le cueillit entre ses larges mains et le ramena contre sa poitrine, heureux de promener ses doigts sur sa nuque fraîche.

– Te voilà étrillé comme un jour de noce ! s'écria-t-il.

– Dame, je veux que sa mère le retrouve propre ! Qu'elle n'aille pas dire après que la Paunine est une vieille qui ne sait pas tenir les enfants !

Martin, habillé, fut livré à ses jeux.

– Et toi, qu'est-ce que tu vas faire, à présent ? questionna Paunine.

– Aller à Saint-Georges et lui demander ce qu'elle compte faire.

– En attendant, vire-moi la bassine et jette l'eau là-bas, dans les genêts.

Martial empoigna le récipient et s'en fut à l'arrière de la maison, Paunine dans ses pas.

– Tu sais, dit-elle le prenant par un bras, je crois que tu devrais rester par là. Après tout, tôt ou tard, elle viendra bien chercher son petit ! Qu'est-ce que tu as besoin d'aller te montrer ? Suppose que ses intentions ne te conviennent pas ! Tu auras l'air malin, si elle te claque la porte au nez ! Et puis, te balader comme ça, en plein jour...

– J'y vais. Comme ça, je serai fixé. Quant à celui qui me cherche, il n'osera rien tant que je serai dans le patelin.

Il s'éloigna, profitant de ce que Martin était occupé à faire naviguer sa barque entre des houppes d'herbe sur un petit terrain en dévers. Mais il ne fit pas plus de dix pas, soudain assailli des doutes les plus sombres. Ne sachant s'il devait poursuivre ou regagner les bas-fonds, il eut la vision de Lucia refermant la porte de Fabre, ignorant ses suppliques. L'image qu'il eut d'elle à cet instant était celle d'une femme refusant ce monde fourbe et impitoyable, qui ne pouvait lui apporter la moindre garantie de bonheur.

– Bon Dieu ! maugréa-t-il, la Paunine aurait mieux fait de se taire. Me voilà à présent dans un sacré brouillard ! Le pire est qu'elle a peut-être raison : si Lucia avait eu l'intention de venir vivre ici, serait-elle allée s'enfermer chez Fabre ?

Lentement, il se laissa entraîner sur la pente du chemin. C'est ainsi qu'il passa devant les sentinelles : le pas lourd, les bras ballants, soucieux, tête basse, sans se préoccuper de la présence des deux gendarmes en armes, visiblement éprouvés par des factions répétées.

Comme les jours précédents, les gousses des genêts éclataient en rafales sous le pilonnage du soleil. Haies et talus désœuvrés s'abreuvaient de lumière ; les jaunes, les blancs et surtout les verts dominants, enchevêtrés, apaisaient le regard blessé par l'éclat acide du jour. Maître du temps, août habillait la saison à ses mesures. Martial se dirigea vers la rivière, se moquant bien de ces magnificences. Et ce n'est que lorsqu'il enfonça les rames, lorsque la barque s'éloigna de la rive, qu'il réalisa qu'il remontait le courant jusqu'à Murat.

« C'est pas plus mal, ça m'évitera de ruminer toute la journée », se dit-il, satisfait d'avoir un but.

Plus aucune fumée ne s'échappait au-delà des arbres de Murat, et Sandini n'était pas réapparu depuis la veille. Que pouvait bien fabriquer l'officier, seul, dans ce coin perdu ?

« Son piège n'a pas fonctionné. Guérin est plus habile ! songea-t-il, agrippé aux rames. Quand il va me voir, il va m'engueuler, c'est certain ! Mais je voudrais bien le voir, lui, cloué dans cette cuvette à tourner en rond ! Alors, qu'il m'engueule ! »

Ce qu'il vit tout d'abord, bien avant la cendre froide dispersée dans le cercle de pierres, avant même les mornes bâtiments, ce fut un corps. Inerte, flasque. La tête, dont le menton renversé pointait à la verticale, le col de la vareuse ouvert sous le cou, semblait à l'écart, séparée des épaules. Martial s'arrêta, abasourdi. N'osant le moindre geste, le moindre mot, il demeura là, planté. « Comme... Comme pour le violoneux ! », se dit-il, ne parvenant pas à détacher son regard de ce visage cramoisi qu'il reconnaissait à peine. Puis il recula, pas à pas, jusqu'à la rive. Là, face à la Sioule paisible, il comprit soudain ce que signifiait pour lui la mort de l'officier.

– Nom de Dieu ! réussit-il à articuler. Il était le seul à connaître la vérité, le seul à me croire innocent... Alors, tout va recommencer ! On va encore me foutre ça sur le dos ! Me courir après !...

39

Guérin recula de quelques pas. Réfugié derrière un arbre, il prit appui et épaula. Venant à sa rencontre, quelqu'un qu'il ne distinguait pas encore se débattait dans les lacis de ronces et de broussailles. Mais bien vite, il abaissa son fusil, rassuré. Fréaut apparut. Ainsi, c'en était fini de Flora.

– J'ai tué un gendarme, lâcha Fréaut sitôt devant Guérin. Un officier. Il était là-bas, à la place de l'autre.

Guérin ouvrit de grands yeux éberlués, tassé sur lui-même, le visage vidé de son sang.

– Tu... Tu n'as pas fait ça ?..., murmura-t-il.

– Je pouvais pas faire autrement, il savait tout pour le musicien, et il allait m'embarquer ! reprit Fréaut d'une voix assurée.

Guérin abandonna son arme contre un buisson, secoua la tête, incapable de croire à ce qu'il venait d'entendre.

– Nom de Dieu... Nous voilà dans une belle mouise ! Et moi qui croyais que tu en avais fini avec Flora !

– Si j'avais pu mettre la main dessus !

– Mais je l'ai vu, t'entends, je l'ai vu remonter la rivière dans sa barque !

– Quand ?

– Quand, quand... J'en sais rien, il y a une heure...

– Alors il est passé pendant que je revenais ici. Et ça veut dire qu'il est encore là-bas !

– Ouais. Tu vas y retourner, il faut... il faut que tu t'arranges pour tuer Flora, mais... mais avec l'arme du gendarme ! Tu comprends pourquoi ?... On croira qu'ils se sont battus et que... et qu'avant de mourir, dans la bagarre, le gendarme a réussi à... à... Mais vas-y, bordel ! Qu'est-ce que tu as à me regarder ! Vas-y ! Avant qu'il ne fasse demi-tour !...

– Gueule pas, j'y vais ! Je m'en charge, de ton Flora !

Fréaut s'éloigna. Le marchand de grains demeura un moment sans bouger, haletant.

« Si jamais c'est Flora qui dérouille Fréaut et que le gendarme a laissé un rapport, alors j'ai plus qu'à prendre mes cliques et mes claques et foutre le camp au-delà des mers ! »

40

Lucia acheva son café à petites gorgées. Elle était venue frapper à la porte de Fabre, certaine d'être accueillie sans détour, à la recherche d'un confort qui lui avait tant fait défaut durant son incarcération.

– Je n'ai pas changé d'avis, mes intentions à votre égard sont les mêmes. J'ajoute que, d'ici septembre, si vous ne savez où loger, vous pouvez tout à fait demeurer chez moi. Vous le voyez, la place ne manque pas !

Elle releva la tête. Fabre lui faisait face, assis de côté, une jambe par-dessus l'autre. Distraitement, du plat de la main, il repassait la surface de la nappe, chassant d'improbables miettes. La cuisine, où ils s'étaient installés dès son arrivée et où, en l'absence de la mère Félix, il lui avait préparé un petit déjeuner et présenté des fruits, embaumait le pain, le bouillon aux poireaux et la charcuterie, comme dans tant de maisons de la campagne. Lucia ferma les yeux. Non qu'elle se sentît mieux, mais parce que des images de la cellule, quittée seulement quelques heures auparavant, s'imposaient à son esprit. A la maison d'arrêt, chaque jour, dès le lever, Lucia laissait les rayons du soleil tiédir son visage, rêvant de sauvage liberté. Elle se souvint des odeurs nauséeuses confinées entre les quatre murs, le suint de la pierre et les infimes squames de plâtre détachées du vieux plafond craquant sous les semelles de ses souliers. En journée, lasse d'aller et venir, elle s'appuyait aux montants des lits superposés et, de ses deux poings serrés, maintenait les revers de sa blouse fermés sous son menton. Un froid carcéral l'avait saisie dès sa mise en détention, et rien n'avait pu l'en protéger, pas même ce soleil de fin juillet filtrant par le soupirail, que tentait de capter la laine de son châle jeté sur ses épaules. Cinq jours s'étaient écoulés depuis sa première audition. Sans preuve tangible, le juge maintenait la prévenue en « provisoire ». Un avocat, maître Paras, commis d'office, lui laissait d'ailleurs entendre que l'affaire ne se présentait pas trop mal, dans la mesure où le magistrat instructeur tardait à prononcer l'inculpation. Puis était arrivé le courrier de Sandini, le sixième jour, dont elle ne connut jamais l'existence, provoquant cette autre convocation chez le juge (la deuxième) afin de s'entendre signifier son « innocence en tant que complice du meurtre perpétré sur la personne de Richard Vallon », entraînant sa libération le lendemain matin à six heures.

Lucia se leva, machinalement se dirigea vers la fenêtre, en écarta le rideau. La place, pleine d'enfants, paraissait blanche sous le soleil. Des adultes traversaient, indifférents. Une poignée d'hommes et de femmes, les jambes hâlées dans des shorts bleu marine aux bords retroussés, avaient déposé leurs sacs à dos au pied du monument commémorant la Grande Guerre. Près de là, les vélos, allongés à même le fossé, semblaient un tas de ferraille amoncelé pêle-mêle. Quatre de ces femmes entrèrent solennellement dans l'église, coiffées d'un foulard.

Lucia revint à la table. Ayant rangé son bol et la cafetière, elle demanda à Fabre la permission de faire sa toilette. Il lui indiqua une pièce, au premier étage, qu'elle pouvait utiliser à loisir.

– Après, dit-elle, j'irai chercher Martin. Il se trouve chez une vieille dame de Moignoux.

– Ah... Et irez-vous voir ce... ce type ?

– Martial Flora ! Sans doute. J'ai été injuste envers lui, il n'est pour rien dans ce qui est arrivé. Le juge me l'a dit.

Fabre se leva à son tour, marcha de long en large, cherchant ses mots.

– Venez me prévenir quand vous serez prête, je vous conduirai là-bas.

– Merci de m'avoir ouvert votre porte, docteur, fit-elle, puis elle ajouta à mi-voix : Mais je n'ai pas encore réfléchi à ce que je veux faire.

– Je comprends. Il vous faut d'abord vous reposer, vous remettre, oublier cette histoire. Vous réfléchirez d'autant mieux si vous restez ici, au calme. Pour cela, nul autre lieu n'est plus approprié que cette grande maison vide.

Il quitta la cuisine pour passer dans son cabinet. Lucia demeura appuyée à la table quelques instants, puis se dirigea à l'étage où elle prit un bain, savourant la douceur de l'eau tiède sur sa peau.

41

Martial remonta sur la barque. Parvenu dans les bas-fonds, à bout de courage, il irait trouver les sentinelles, raconterait que leur chef gisait sans vie, là-bas, à Murat, en travers de la clairière. L'un des deux le mettrait sûrement en joue, tandis que l'autre se débrouillerait pour rejoindre Saint-Georges au plus vite et alerterait ses supérieurs. Encerclé, menotté, il tenterait bien d'expliquer l'histoire telle qu'il pensait qu'elle s'était déroulée : la présence aux côtés de Guérin d'un individu, dont il ignorait le nom, capable de tuer de sang-froid, auteur de ce meurtre ainsi que du premier ; mais plus personne ne serait là pour l'entendre... Alors on le pousserait dans un fourgon, et on le descendrait à Riom, où il serait emprisonné. « C'est ainsi que ça se passera », songea-t-il, convaincu désormais que Lucia ne reparaîtrait plus dans les bas-fonds. « Qu'est-ce que je pouvais espérer de plus ? Je n'ai rien à moi, je suis installé sur la terre de personne et une femme comme Lucia a besoin de bien plus. A quoi bon croire qu'elle et moi... Ça n'arrivera jamais ! »

Dès les premiers coups de rames, la barque se fit plus lourde à manier. Il ne s'y trompa pas : toute envie de poursuivre l'avait fui. Une blessure béait à l'endroit le plus sensible de son être, là même où, en quelques semaines, il avait mis au jour une réserve d'amour sans songer aux inconvénients de la posséder.

Lorsqu'il aperçut la barque dérivant à sa rencontre, tout d'abord il ne comprit pas très bien la manœuvre que tentait son occupant. De cette façon, entraîné par le courant, il ne pouvait que l'éperonner par les flancs et le jeter à l'eau. L'homme, de dos, ramait par petits coups, les pelles affleurant à peine la surface, se contentant de donner une direction, sans gestes brusques. C'est alors que Martial reconnut l'homme à son crâne rasé, à sa nuque ourlée directement attachée à des épaules épaisses, s'élargissant sur un dos démesurément large. Il se souvint l'avoir vu pour la première fois chez Astruc, de dos, attablé devant un casse-croûte. Arc-bouté, Martial tira sur les avirons, évitant de justesse l'abordage.

– Alors c'est toi, le salopard que Guérin envoie faire le boulot à sa place ! cria-t-il.

Maintenant, les barques étaient flanc à flanc, et déjà Fréaut, debout, rame en main, menaçait d'assommer Martial. Il porta le coup. La pelle fracassa la banquette de bois, vingt éclisses volèrent alentour. Martial s'était projeté en avant, évitant le coup. Puis il se redressa, s'emparant de la rame qu'il tira à lui, obligeant Fréaut, déséquilibré, à enjamber les plats-bords. Lâchant la rame, le géant aplatit son poing derrière la nuque de Fréaut. Malgré le tangage, il ne se relâcha pas ; l'agresseur était à sa portée. Anticipant le roulis, il passa son avant-bras sous le menton de Fréaut, le remit sur ses pieds d'un seul coup de rein et le fit pivoter. Fréaut releva sa garde, prêt à frapper, mais Martial, plus rapide, lui asséna un coup de tête à hauteur du nez et de la bouche. Pissant le sang, sonné, Fréaut bredouilla avant de tomber à la renverse.

– C'est pas le violoneux, épais comme une patte de grive, ni un gendarme que tu as en face de toi, hein ! vociféra Martial, au comble de la rage. Des minables dans ton genre, c'est sur un pied que je les prends ! Maintenant, je vais te traîner à Saint-Georges et tu t'expliqueras !

Fréaut s'essuya d'un revers de main et eut un petit sourire. Puis, entre deux respirations :

– Tu crois peut-être que je vais aller me dénoncer, pauvre bille ! Plutôt crever !

Martial s'agenouilla, le saisit au col et souleva les cent vingt kilos de son adversaire sans une grimace.

– Tu vas le faire, sinon...

Joignant le geste à la parole, il serra le cou de Fréaut de ses pouces et de ses index, prenant garde à ne pas exercer toute sa puissance.

– C'est comme ça que tu t'y prends ? Eh bien ! tu vois, moi aussi je sais le faire. Tu vas me suivre, que tu le veuilles ou non ! De toute façon, tu es foutu, alors autant parler, t'entends, saloperie ! J'ai pas envie qu'on me rende responsable de tes pourritures ! J'ai pas envie d'avoir la tête coupée à ta place, et j'ai...

Martial desserra lentement les mains, Fréaut ne tenait plus sur ses jambes. Son visage, la lèvre supérieure ensanglantée, s'était teinté d'une étrange couleur bistre sur laquelle couraient des reflets violacés.

– Oh !... Nom de Dieu, tu vas pas me claquer entre les pattes... Oh !

Fréaut s'écroula au fond de la barque, les yeux révulsés, bouche ouverte, langue noire. Seul un filet d'air parut se faufiler encore entre ses lèvres – puis, peu à peu, Fréaut reprit une respiration presque normale.

– Bon Dieu ! t'avais la même tête qu'un pendu..., marmonna Martial, regardant ses mains sans comprendre. J'ai bien cru que...

Fréaut demeura allongé, tête renversée, épuisé, à la recherche d'air frais. Une de ses mains ne cessait de masser sa gorge meurtrie. Lorsqu'il se redressa pour s'asseoir à l'arrière de la barque, Martial n'avait aucune raison de se méfier. Relâchant toute vigilance, il se détourna même de son adversaire. Fréaut sut en profiter. Rassemblant ses forces, il bondit. Saisissant Martial dans ses bras, il le souleva, avec l'intention de le jeter à l'eau. Par chance, Martial réagit vite. Dans un réflexe conditionné, il se raidit, cherchant à augmenter son poids par des contorsions désespérées. Réussissant à se retourner à la faveur du roulis qui menaçait de les balancer tous les deux par-dessus bord, il s'empara d'un des poignets de Fréaut, lequel, de l'autre main, tenta à son tour de le saisir à la gorge.

– Tu as bien récupéré, charogne !

Les coups s'enchaînèrent durant deux bonnes minutes : fulgurants, lourds, souvent imprécis. Puis ce fut le dénouement. Martial retourna Fréaut, le saisit à la nuque et par le fond de culotte, puis, tirant à lui, sans se soucier du tangage, fléchi sur ses jambes, avec un hurlement de bête, comme un haltérophile arrache la fonte, il le souleva à hauteur de ses épaules, tel un sac. Enfin, dans un dernier effort, il le hissa à bout de bras et, fier de sa victoire, le maintint dans les airs un instant.

– Dommage qu'Astruc ne soit pas là ! lança-t-il, épuisé. Il était curieux de savoir qui de toi ou de moi aurait le dessus !

Puis il se défit de sa charge. Projeté tête première dans la barque voisine, Fréaut heurta le plat-bord ; sous le choc, l'embarcation vacilla dangereusement, jetant le gros homme par-dessus bord.

Il disparut lentement sous la surface, inanimé. Martial, tenté de lui porter secours, ne put l'agripper à temps. Il remonta à deux reprises, inconscient, hors de portée. Puis la Sioule se referma définitivement, comme une porte à jamais condamnée sur les secrets d'un assassin.

– Ce coup-ci, tout est foutu, bredouilla Martial, se demandant encore si tout cela était bien arrivé. Cette fois... c'est moi qui ai tué.

La barque glissa, emportée par le faible courant. Il se laissa dériver. Maintenant, le marchand de grains avait gagné la partie. Martial ne chercherait plus à venger l'insulte faite à Lucia. Cela ne le regardait plus. D'ailleurs, cela l'avait-il jamais regardé ? Lucia, qui n'avait à aucun moment sollicité son aide... Il la revit sur les rives de Tazenat, belle à en perdre la tête. « A en perdre la tête, sourit-il malgré lui, c'est bien le mot ! Dans quelques mois, je serai un peu moins grand ! Pourquoi Lavédrine l'a-t-il envoyée me porter le panier ? Pourquoi pas une autre, une vieille, une laide ? La Louise, sa femme, par exemple ? » Cette grosse dinde... c'est à peine s'il se serait rendu compte de sa présence ! Mais avec Lucia, comment ne pas se faire prendre ? Comment ne pas échafauder les rêves les plus tendres ? Dans un sens, s'il désapprouvait son geste, il comprenait Guérin. Très tôt, le marchand de grains avait compris qu'il ne serait jamais pour elle qu'un propriétaire auquel on se doit de régler son terme chaque mois, rien de plus. Il avait alors essayé le chantage, puis les menaces, fidèle à sa logique de rustre. Mais Lucia, connaissant ce genre d'individu, avait gardé le silence. Guérin avait cru devenir fou. Le mal d'amour l'avait rongé, jour après jour, nuit après nuit, comme une obsession, bouffant son cœur et son esprit, et le bonhomme, cédant à la confusion mentale, avait employé la force ; façon la plus grossière de ne jamais atteindre l'impossible.

Martial releva les yeux. La barque touchait la rive. Instinctivement, il prit les rames, redressa sa course. Arrivé dans les bas-fonds, il demeura assis sur la pierre plate d'où il pouvait voir et sa maison et la rivière. Bientôt, c'en serait fini de l'été, de ce paysage pétré recouvert de hauts bois capables de lancer tard le soir leurs flèches dans les crépuscules, des lits de végétaux incandescents de l'automne, de ce bonheur quiet durant les hivers blancs, enfin de la renaissance du monde dès le printemps. Bientôt il lui faudrait s'en remettre à la justice des hommes. Il affronterait le verbe des juges accoutrés de manteaux d'hermine, médaillés, ailés comme des corbeaux. S'en trouverait-il un désireux d'entendre la vérité ? « Je n'ai pas tué le violoneux, ni le gendarme. J'ai tué Fréaut par accident, pour ne pas être tué. Je me suis défendu », soupira-t-il. Sans doute pas. A la fin du compte, la peine capitale prononcée – au nom de l'équité –, tous quitteraient le prétoire, satisfaits d'avoir œuvré à maintenir l'équilibre de la balance morale...

42

Guérin empoigna son fusil et releva les chiens des deux canons juxtaposés. Flora passait à portée. La barque allait de guingois, menaçant de s'échouer au hasard. Martial s'y tenait, debout, hébété, bras ballants. Le marchand de grains ne fut pas long à comprendre. Non sans dégoût, il était désormais obligé de se mesurer seul à Flora. Il épaula, le tenant un instant dans sa ligne de mire, mais abaissa son arme aussitôt, se rappelant tout à coup la proximité des sentinelles. L'écho de deux détonations simultanées risquait de les attirer. Et la forêt, peu praticable sur ces pentes, n'assurait pas, en cas de nécessité, une retraite facile.

Guérin retrouva son poste, surplombant les bas-fonds. Et c'est sans doute là que sa fin se décida. Alors qu'il aurait pu sans difficulté quitter les lieux et préparer une défense solide (après tout, il n'était pas le meurtrier direct du violoniste), il choisit de rester et d'attendre, soucieux de voir dans quel sens les choses allaient évoluer.

Ce qu'il vit, ce fut des gendarmes se présenter à Flora, emprunter sa barque et ramer en direction de Murat.

Inquiet de ne pas voir reparaître leur officier, un sergent avait pris l'initiative d'aller aux nouvelles.

Martial ne démentit pas avoir vu Sandini remonter la Sioule jusqu'au méandre afin de tendre un piège à celui qu'il tenait pour être le coupable, mais il n'osa avouer la suite. Il les regarda se démener, piètres rameurs, puis décida de gagner Moignoux recueillir l'avis de Paunine. Martial, qui estimait vivre ses dernières heures de liberté, aurait préféré le soutien de sa mère à ses côtés, mais il ne pouvait prendre le risque d'être arrêté à Queuillette, refusant de lui infliger cette honte. Le visage de Louise lui apparut, tendre et lisse de bonté, vibrant et ombrageux, comme du temps où elle tenait sa place dans les bas-fonds. Jusqu'à la mort du père, elle avait été une mère aimante, proche de son fils, à la fois inquiète et attentive à sa croissance. Diable d'enfant, mesurant près de deux mètres à moins de vingt ans ! Et qui ne cessait de forcir et de s'élargir.

– Où s'arrêtera-t-il ? se demandait-elle. Que ferons-nous de toi, phénomène ?

– Que veux-tu, il a pris de mon père, répondait Charles fièrement. Avec une force pareille, tout comme son grand-père et moi-même, les bois le nourriront.

Paroles prémonitoires. Dès sa petite enfance, Martial fit de la forêt sa seconde maison, des arbres et des animaux ses familiers. Louise ne chercha pas à contrarier ses penchants ; son fils se préparait une vie solitaire, exact reflet de sa personnalité. De temps à autre, elle avait tenté d'attirer son attention sur l'isolement des bas-fonds, les difficultés à vivre en reclus dans ce coin où, d'octobre à avril, il ne fallait guère compter sur la lumière du jour pour mener sa besogne. « Comment convaincre une femme de venir s'installer dans ce trou ? Les filles de mon époque suivaient un mari n'importe où, affirmait-elle, mais de nos jours, elles veulent un confort qu'il n'y a pas ici.

Crois-tu que je n'aurais pas préféré vivre sur les plateaux, avoir la lumière au plafond et un peu de monde autour de moi ? » Charles demeurait muet. Généralement, il choisissait de s'absenter plutôt que de tenir tête à une femme dont il sentait les regrets grandir avec l'âge.

Après sa mort, Louise avait encore essayé de dissuader son fils de demeurer dans la vallée ; mais elle se heurtait à un mur. Martial dégagé de ses obligations militaires, elle s'était enfin décidée à quitter les bas-fonds. Depuis, une relation lointaine, souvent orageuse, liait la mère et le fils. Ce qui n'empêchait pas Louise, chaque soir, de prier Dieu de lui envoyer son garçon le lendemain. Mais soit qu'il fût sourd à l'entendre, soit qu'elle ne sût formuler sa demande, Martial ne prenait que rarement le chemin du hameau. Cependant, c'est sur elle aujourd'hui qu'il désirait plier sa carcasse, non au-dessus de Paunine, et verser son chagrin. Pris, il se doutait que plus jamais il ne soutiendrait ses regards où roulaient de feintes colères, ni n'aurait l'occasion de sentir sa main envelopper sa joue.

Martial s'arrêta. Moignoux était là. Il n'allait tout de même pas se présenter à Paunine les yeux mouillés ! Et que penserait Martin en voyant son ami s'amener le visage triste ? Il attendit.

Un bon quart d'heure s'était écoulé lorsqu'il dépassa les derniers genêts. Longeant la maison, il vit une voiture stationnée devant la porte de Paunine. Celle de Fabre. Il fit un nouvel arrêt. Ainsi, Lucia était de retour dans les bas-fonds, mais pour y chercher son fils et repartir. Sinon, pourquoi le médecin n'avait-il pas fait demi-tour ? Cette fois, il était inutile d'espérer la revoir, Lucia avait définitivement choisi. Il s'apprêtait à se détourner quand il s'entendit interpeller. Fabre revenait tranquillement par le chemin, les mains dans les poches, une cigarette au coin des lèvres. Quelque chose de goguenard allumait son visage. « Évidemment, songea Martial, il peut faire le beau, il a de l'allure, avec son costume et son chapeau ! » Fabre tendit sa main. Martial ne la vit pas.

– Je vous comprends, dit Fabre, soudain embarrassé, mais il ne faut pas m'en vouloir, à elle non plus d'ailleurs.

– Je n'en veux à personne, marmonna Martial.

– Je suis content de vous l'entendre dire. Vous savez, la vie, parfois, réserve de drôles de revers. En ce qui nous concerne... elle et moi...

– Qu'avez-vous décidé pour le petit ?

– Le petit ! Je... Je ne sais pas encore. Elle semble vouloir le garder près d'elle, alors, ma foi...

Martial hocha la tête, esquissa un sourire, puis lentement tourna sur lui-même et revint sur ses pas.

– Attendez !

Fabre avança dans sa direction.

– Vous n'avez rien à lui dire ? Et au petit ? Elle m'a dit que lui et vous étiez très amis...

43

Lucia parut sur le seuil, alertée par la voix de Fabre. Elle le découvrit à l'angle de la maison. Il tenait son chapeau, le bord de fine paille pincé entre pouce et index, appuyé au mur, souriant.

– A qui parliez-vous ? demanda-t-elle.

– A Flora, figurez-vous ! Curieux bonhomme... Il est là, accusé de meurtre, qui va, vient, libre de tous mouvements... C'est complètement incompréhensible !

– Martial était là ?

– Oui.

– Que voulait-il ?

– Ça, je l'ignore...

– Que lui avez-vous dit ?

– Mais rien... En tout cas, rien de répréhensible, ricana Fabre, amusé par la lippe inquiète de Lucia.

– Expliquez-vous !

– Je lui ai seulement fait comprendre que... enfin que vous et moi, nous... Ah ! il m'a demandé ce que nous avions décidé pour Martin !

– Pourquoi lui avoir fait croire que nous allions vivre ensemble ? Car c'est bien ce que vous avez tenté de faire ?

– En effet, et je ne vois pas le mal qu'il y a à informer ce malheureux !

– Mais, que je sache, je ne vous ai pas encore confié que je souhaitais vivre avec vous !

– Mais nous en avons parlé !

– Peut-être, mais je n'ai toujours pas donné de réponse !

Lucia tourna les talons.

– Bon Dieu, soupira-t-il, déconfit, je me demande dans quoi je me suis embarqué !

Lucia expliqua à Paunine qu'elle se rendait chez Martial, sous les yeux écarquillés de Martin, tout heureux à l'évocation de son ami.

– Martial ! Martial ! répéta-t-il.

Lucia s'interrompit, étonnée d'entendre soudainement Martin s'exprimer avec autant de facilité. Agenouillée près de lui, elle demanda :

– Où as-tu appris à parler comme ça ?

– A... avec... Martial, balbutia l'enfant.

La mère et le fils se regardèrent puis, pour la énième fois depuis son retour, Lucia serra Martin dans ses bras.

– Viens, lui dit-elle à l'oreille, allons le voir, tu veux bien ?

Le visage de l'enfant s'éclaira d'un large sourire. Déjà, il s'enfuyait vers la sortie. Lucia le rattrapa, lui prit la main et ils descendirent le chemin menant aux bas-fonds. Fabre les suivit jusqu'au carrefour, où il se planta, les mains sur les hanches.

– Bon, alors, qu'est-ce que je fais, moi ? J'attends ou je m'en retourne ? marmonna-t-il.

44

Martial était décidé. Plutôt que de subir l'insupportable attente, il choisissait de se rendre. A sa manière. A quoi bon patienter, maintenant que tout était perdu ? Ignorant le contenu du document remis au juge par Sandini, l'innocentant du meurtre du violoniste, Fréaut ne pouvant plus désormais avouer ses crimes, et dans l'impossibilité de prouver sa légitime défense, on n'hésiterait pas à l'accuser du meurtre de l'officier, en plus de celui du violoniste. Cela paraissait inévitable, logique. Et puis, surtout, Lucia sortait de sa vie ; elle partait vivre à Saint-Georges : c'est-à-dire à quelques kilomètres seulement, mais chez un autre. Sans doute sa vanité le perdait-il, car Martial, à cet instant, était bel et bien perdu. Quand on ne possède rien, ne rêve-t-on pas de tout vouloir, y compris ce qu'il y a de plus rare ? Son amour pour Lucia avait surgi en lui, aujourd'hui il le comprenait bien, comme une maladie inattendue ; dès lors, il n'avait eu de cesse de retenir la fluidité de son âme, de capturer son parfum, sa chaleur, d'imaginer dans ses mains les angles saillants, les courbes moulées de ses formes, et de sentir le désir grandir dès les premières heures du lever et frémir jusqu'au soir. Ce qu'il n'avait pu faire... Un autre que lui s'en chargerait, y parviendrait sans mal, qui le tuait.

Il dégringola le talus pour se diriger vers la cabane à outils. Il y prit une longueur de quatre mètres de chaîne à gros maillons, celle qui servait à tirer les fûts d'arbres trop empêtrés aux ronciers après l'abattage, et aussi un cadenas, qu'il fourra dans l'une de ses poches. Sa hache décrochée, il sortit en traînant la chaîne derrière lui. La barque de Fréaut échouée en amont, Martial traversa la clairière où se tenait toujours le side-car, qu'il ignora. De même, sans un regard, il passa devant sa maison et escalada le versant opposé. Parvenu sur le surplomb, il pénétra dans les bois sans se préoccuper des griffures que lui infligeaient les lacis de ronces.

Le jour se faisait petit. Un arc de lumière pâle s'affaissait sur les montagnes, que reflétaient tristement les calmes, ces petites anses où décantait parfois une eau laiteuse. La nature semblait avoir été détroussée de ses grâces. Les sous-bois n'étaient plus qu'une voûte sombre où seuls les parfums de lichens et de mousses amorphes sidéraient encore les sens. Dans deux heures, les ténèbres pailletées d'étincelles noieraient le plus infime signe de vie diurne. Déjà, des quinquets luminescents, pareils à des feux de veillée funèbre, parsemaient les plateaux, passant pour plus ternes qu'ils n'étaient en réalité. Il en était souvent ainsi en septembre ou octobre, aux premières atteintes de l'automne. Peut-être pleuvrait-il le lendemain ?

Martial arrêta sa marche. Malgré toutes ses précautions, les fibres sèches craquaient sous le pas. On s'essoufflait à le suivre. Il ne se retourna pas. Il attendit. On se rapprochait. Bientôt, on serait plus près de lui de deux ou trois mètres. Mais on s'immobilisa, et ce fut le silence.

– Puisque les gendarmes n'arrivent pas à te coincer, alors je m'en charge.

Martial identifia aussitôt le timbre claironnant de Guérin. Sa voix, n'était un léger chevrotement, ne trahissait aucune angoisse. Certain d'être en position de force, il ajouta :

– Enfin je te retrouve ! Je vais te foutre deux cartouches dans le ventre. Je raconterai que tu as essayé de me sauter dessus et que j'ai tiré pour me défendre. Oh ! je dis pas que je serai pas un peu emmerdé, mais ça se tassera. Ouais, ça se tassera forcément, puisque j'aurai débarrassé la société d'une belle ordure, et puis, au moins, je serai certain que tu la boucleras !

Martial se contenta de le fixer sans ciller. Guérin se tenait de trois quarts face, la crosse de son fusil plaquée à la hanche, ridicule. Il fit deux pas, puis quatre.

– Tu ne me crois pas ? Tu ne me crois pas capable de te crever la peau ? Hein ? Tu pensais peut-être que j'allais te donner le temps d'aller confier tes petits secrets aux gendarmes ?... Réponds !

– Ferme ta grande gueule ! Je me fous des gendarmes ! hurla Martial. Si je t'avais coincé il y a deux jours de ça, là, oui, je t'aurais traîné devant eux, mais à présent que j'ai tué...

Il enjamba les quelques mètres qui le séparaient de Guérin, d'une main lui arracha le fusil – qu'il fracassa contre un arbre –, de l'autre le saisit au col de sa chemise.

– Lâche-moi ! gueula le marchand de grains dont les traits livides se tordaient sous la peur.

Mais Martial le sonna d'une bonne gifle.

– Je t'en prie, Flora...

– Il est bien temps de faire des prières ! Tu en as tenu compte de ses prières, à elle, quand tu lui es passé dessus ? Hein ! Espèce de salaud ! Tu t'es servi, voilà tout !

– Mais c'est faux ! C'est elle qui...

– Qui quoi ?

– Qui m'a proposé de... de... contre la remise de son loyer !

– Comment peux-tu... sortir de telles saloperies...

– C'est pas des saloperies ! C'est la vérité, nom de Dieu !... Demande à Lavédrine pourquoi il a accepté qu'elle vienne travailler chez lui ? Je te raconte pas de blague, Flora ! Jamais je n'avais vu de femme comme elle. Cette garce m'a rendu fou. Je suis devenu fou, à ne plus pouvoir raisonner...

Martial desserra son étreinte pour lancer son poing. Atteint au visage, Guérin tomba à la renverse, l'arcade ouverte, inconscient.

Le géant se plia en avant, l'empoigna par la chemise puis, le malmenant sur ses jambes flageolantes, lui cria en pleine figure :

– Je devrais te tuer, pour tes bobards, tes insultes ! Mais je te laisse en vie, parce que tu vas souffrir bien plus que ce que tu peux imaginer. Et tu sais pourquoi ? Parce que tu l'auras pas, mon salaud ! Tu l'auras pas !... Elle a foutu le camp avec Fabre ! C'est un monsieur, lui, c'est autre chose qu'un marchand de grains, ou qu'un type comme moi qui vit au fond d'un trou !

Il s'arrêta, relâcha Guérin qui perdit aussitôt l'équilibre, récupéra sa hache et, la chaîne dans sa main, poursuivit son chemin. La barque se trouvait en contrebas, la proue échouée sur un petit banc de graviers.

45

Martial s'engagea dans le faible courant. La barque dériva docilement vers le milieu de la Sioule. Dans peu de temps, il passerait à hauteur de sa maison, atteindrait le milieu de la retenue, immense et profonde pièce d'eau adossée au barrage, et tout serait fini. Il releva la tête, de la paume de la main s'essuya le front et la nuque. A l'ouest, le couchant éclaboussait les collines de ses ultimes feux. Il songea que, deux heures plus tard, il serait mort noyé dans une flaque de lune. Il se mit debout, déterminé, fit glisser la longueur de la chaîne sous la banquette centrale, puis dans l'anneau de proue, et accrocha le mousqueton à un maillon. Enfin, il entortilla l'autre bout à son poignet gauche, comme il l'aurait fait d'un bandage, joignit le tout à l'aide du cadenas et s'assura que sa main ne pourrait à aucun moment échapper à ce bracelet improvisé. Il s'empara de sa hache et, sans plus de regret, l'abattit à quatre reprises entre ses pieds. Déjà le plancher cédait, une eau bouillonnante filtrait par les brèches. Hébété, Martial fixait l'éparpillement de l'eau saumâtre où surnageaient des éclats de bois et de goudron.

– Martial !... Martial !...

Son nom jaillit par deux fois depuis la rive, troublant le silence. Lucia avait levé la main puis suspendu son geste. Martin collait à elle, accroché à sa robe, bouche bée, incapable de comprendre.

– Martial poisson ! cria l'enfant, le doigt pointé vers son ami.

Il les vit. Elle, les cheveux roulant sur ses épaules, le corps libre dans ce tissu léger, suranné, à la trame bigarrée, qu'il lui connaissait depuis le premier jour. Bientôt, elle porterait des robes et des tailleurs dignes de sa beauté. Lui, dont il ne sut, à cette distance, s'il souriait ou grimaçait, l'épi émergeant sur sa tignasse en friche, planté sur ses jambes courtes qui ne le porteraient sans doute pas au-delà de ses vingt ans.

– Martial ! Je vous en prie !... C'est moi, Lucia !

Comme elle avait dit « Lucia ! », avec ce ton plaintif, suppliant, bondissant du plus profond de sa gorge, l'accent tonique à peine traînant sur la première syllabe, transformant une *Lucia* française en une *Loucia* pleine de couleur et de lumière d'Italie.

Lucia s'égosillait, en vain. Martial ferma les yeux. L'eau se fit plus fraîche, plus dangereuse, atteignant bientôt ses mollets. La coque se remplissait de la proue à la poupe. Un infime clapotis berçait les rames sur leurs tolets. Dans une minute, les plats-bords affleureraient la surface de l'eau et tout serait fini. Il sentit le feu de ses larmes sur ses joues, la fièvre bourdonner à ses tympans. « La mort, ce n'est rien, se dit-il encore, ce n'est pas plus froid que l'eau d'un lac. » Martial partait, certain d'accomplir l'unique geste capable de le sauver d'une insurmontable détresse. Prisonnier de principes simples, il résumait sa vie d'une phrase : « J'ai aimé sans être aimé ; pour cela j'ai été amené à tuer. »

La barque fut aspirée et c'est à peine si, de la rive, on perçut le sourd bouillonnement des remous précéder, puis accompagner la formation de dizaines de cercles à la surface de l'eau.

46

Lucia demeura sur place, livide, figée, semblable à ces statuettes recouvertes année après année par la croûte calcaire des fontaines pétrifiantes, refusant de détacher son regard de ce point lointain – là où la trace de l'homme s'était effacée après son passage –, disparu maintenant dans la nappe d'eau sombre.

Les gendarmes redescendaient la Sioule, le corps du capitaine Sandini sur un brancard de branchages placé en travers de la barque. Une fois à terre, ils soulevèrent cette civière improvisée, la portèrent à l'épaule et, précédés du sergent, commencèrent de remonter vers les plateaux.

Enfin, elle abandonna la rive, hébétée, incapable de s'orienter. Quelque chose avait cédé en elle, rompant net ce qui jusqu'alors passait pour un parfait équilibre et qui soudain la précipitait au fond d'un de ces gouffres dans lesquels il est doux de se laisser tomber. Martin avait enlacé une jambe de sa mère et, de ses petits poings, tirait sur le tissu de la robe. Il ne pouvait comprendre ce qui se tramait autour de lui : à présent, Lucia zigzaguait sur le chemin, hagarde.

– Mm... a... ma... man !...

Mais Lucia n'entendit pas. Ses pensées se délitaient, un trouble grandissant l'éloignait lentement de toute réalité. Martin se tut et ce fut le chant du silence retrouvé. D'une immobilité effrayante. Un vent léger comme une gaze, que l'on percevait à la pointe des acacias, fripait un ciel nuageux, activait le balancement des bourdons endormis sur la ponce des chardons. Des chatons de pissenlits piqués aux talus de ce jardin improvisé ondulaient dans l'air. Là-haut, sillonnant les replats, tintaient les eaux courantes sous une lumière effroyablement pâle, comme seule l'Auvergne peut en peindre ses ciels l'été.

Quittant l'ombre de la futaie, Guérin s'avança à la rencontre de Lucia, le visage tuméfié, chancelant, ses petits yeux piquetés de haine.

– Tu l'as tué ! lança-t-il, encore essoufflé.

Elle s'arrêta, pliée en avant, porta ses deux mains à son ventre, incapable d'un mot.

– Je l'ai vu couler à pic ! Et c'est toi qui l'as amené là ! ajouta le marchand de grains.

Lucia libéra un flot de larmes, hoqueta.

– Tué..., parvint-elle à articuler.

– Ouais, par ta faute, en faisant croire à ce grand corniaud que je t'avais forcée, tu as soufflé sur la braise, et après ça...

Lucia prit son visage dans ses mains et, soudain, emportée par une violente douleur, laissa échapper une longue plainte étouffée.

– Tué..., répéta-t-elle.

– Il ne m'a pas cru, reprit Guérin sur le même ton de basse, quand je lui ai dit, pour toi et moi, pour Lavédrine... Il est mort persuadé que tu étais trop bien pour lui.

Il se tut pour exhaler un long soupir et reprendre entre ses dents :

– Quand le Diable se fait femme...

– Oui !... Oui !...

Elle avait crié, agitant brusquement la tête en tous sens, balayant l'air de sa masse de cheveux, gesticulant, pointant un doigt en direction des arbres les plus proches, comme prise de démence. Et soudain, d'une voix de craie à laquelle se mêla un ricanement étranglé, elle lança :

– Richard Vallon ! Lavédrine ! Guérin ! Oui, les clients des hôtels ! Il le faut bien, puisque tous me désirent ! Et aussi Martial Flora ! Il me fait si peur, celui-là... Ses mains énormes sur moi... et puis Fabre ! Mais lui, au moins, me couvre de cadeaux ! Regardez comme je suis belle ! Nous vivons chez lui, là-bas il y a une bonne, une secrétaire, et la maison est toujours pleine de monde... Il m'attend, je dois rentrer, j'ai promis... Bien sûr que Martin porte son nom, puisque c'est son père... Il va à l'école, il apprend à lire, à écrire... Il n'ira pas chez les fous, et je ne serai plus jamais seule !

Lucia mit fin à ce flot délirant, hagarde, les yeux rougis, exorbités, les doigts enfoncés dans sa chevelure. A bout de force, elle chuta lourdement sur les deux genoux. Toute à ses peurs et à ses obsessions, elle ne sentit pas les graviers lui pénétrer la chair. Un tourbillon d'images emplissait sa tête qu'elle ballottait d'une épaule à l'autre. Son beau visage, peu à peu, disparut sous les marques de la douleur, se couvrit de la poussière du chemin. Dans la chute, un bouton de la blouse avait cédé, libérant ses cuisses ; indécence dont elle se moquait bien. Assise en chien de fusil, elle tendit une main vers une forme invisible – quelque chose d'enfantin modulait son geste –, et sanglota d'une voix suppliante, cassée par le chagrin :

– Maman, laisse-moi entrer, je n'ai rien fait, ce n'est pas ma faute ! Ne cours pas, maman, non, attends-moi, je te demande pardon... Maman ! Maman !

D'un bond, elle fut debout, haletante, en eau, puis, son équilibre assuré, elle fila en direction de Moignoux, obligeant Martin à trotter derrière elle. Incapable de revenir à hauteur de sa mère, on entendit l'enfant geindre à sa suite avant de disparaître après le premier lacet. Alors le calme revint ; de nouveau, la vallée tout entière baigna dans la torpeur de cette fin d'après-midi.

Guérin, demeuré immobile, imaginait ce que seraient pour lui les heures à venir, les semaines. Sans doute se voyait-il en prison ; peut-être y finirait-il ses jours. Il retourna s'asseoir sous l'auvent et attendit.

Dans peu de temps, les gendarmes seraient de retour. On avait tué un des leurs ; ils encercleraient la clairière et le piège se refermerait. Ils le trouveraient. Il ne fuirait pas ; vaincu, il tendrait les mains, les bracelets de fer se refermeraient sur ses poignets. Tout serait terminé ce soir. La nuit passerait, semblable aux précédentes, obscure, secrète, et au matin, un voile imaginaire, triste comme une brume précédant l'orage, couvrirait les bas-fonds, puis le soleil se lèverait sur les beautés d'un jour nouveau...

DANS LA MÊME COLLECTION

Daniel Bernier
La Bête rousse

« Au-delà des frontières politiques ou psychanalytiques, il faut d'abord voire ici le récit d'une enfance volée, le long calvaire d'un adolescent martyrisé, à qui rien n'est vraiment épargné sur terre, mais qui aura assez de ressource, grâce à l'amour de sa belle et à une formidable soif de connaissance, pour sortir victorieux d'une guerre sans merci contre la bête rousse. »

Le Populaire du Centre

Gilbert Bordes
Le Chat derrière la vitre

« Des histoires qui nous entraînent sur les chemins de Corrèze, là où l'auteur a passé son enfance. Le renard, le sanglier, le lièvre, la loutre, le cerf, autant d'animaux évoqués avec chaleur et enthousiasme. »

Le Provençal

Laurent Cabrol
L'Enfant de la Montagne noire

François Bonnet est métayer, comme son père. Sa force, il la puise ici, sur ces terres où il a grandi, à l'ombre de la Montagne noire. « On ira à la ville dès qu'on aura de l'argent... », a-t-il juré à Mathilde avant le mariage. Depuis le temps qu'elle en rêve ! Mais avec le temps, Mathilde se résigne, auprès de ce mari qui semble lui préférer le sol pierreux de ce coin de Tarn... Un jour d'août, dans une usine abandonnée, leur petite fille est retrouvée sans vie... C'est sur les lieux mêmes de son enfance, dans la vallée du Thoré, que Laurent Cabrol a situé l'intrigue de ce roman habité par l'amour de la terre et balayé par le vent d'autan – le vent qui rend fou...

Louis Caron
La Tuque et le Béret

« Le Français a franchi l'océan pour se laver l'âme dans la sauvagerie du pays. Il sera servi au-delà de ses espérances grâce à l'homme à la tuque, un Québécois de type coureur des bois. Des liens plus forts que toutes les bourrasques vont bientôt unir le fruste au dandy. »

Le Populaire du Centre

Louis Caron
Le Bouleau et l'Épinette

« En ce Québec de la fin des années 30, agité de rumeurs de guerre et de conscription, on ne badine pas avec les sentiments. Ni avec la religion. Alors, quand la passion est la plus forte, reste-t-il d'autre choix que de s'enfuir dans la forêt, en faisant fi du qu'en-dira-t'on, de l'incendie qui couve... et des Anglais ? »

L'Indépendant

Louis Caron
L'Outarde et la Palombe

« Mathilde Bélanger et Henri Ramier de retour ! Ce troisième tome des "Chemins du Nord" se situe dans le Gers en pleine Occupation – l'occasion de découvrir nos héros sous un nouveau jour... »

Le Bien public

« On sait qu'il y a du conteur, de l'historien, du styliste et du pédagogue chez Louis Caron. Dans un subtil équilibre, tous ces talents œuvrent ici. »

Le Journal de Montréal

Pierre Galoni
Le Pitaud

« 1920 : Pierre est placé par l'Assistance publique dans une ferme de la Sarthe. Le "Pitaud" a promis qu'il ne pleurerait pas. Mais, quand ses maîtres meurent, Pierre se retrouve chez les Freiquin et devient leur souffre-douleur. Une jolie histoire d'enfance à mi-chemin entre Marcel Pagnol et Hector Malot. »

Le Temps retrouvé

Pierre Galoni
La Fille du Pitaud

« Vingt-cinq ans après avoir quitté sa Sarthe natale, Pierre, devenu professeur à la Sorbonne, croise de nouveau le chemin de Rosine, à présent épouse du notaire de Sanluc et mère d'une jeune et brillante fille, Luciole... »

Ouest-France

« De rebondissements en quiproquos, ce roman est le portrait d'une jeune femme des années 50, prête à assumer tous les risques de la modernité sans jamais renier ses racines. »

La Gazette provençale

Pierre Galoni
Le Pitaud grand-père

« Nous retrouvons le professeur Florelli-Alban en 1967, au faîte de sa carrière. Mais sa vie dans le Quartier latin et parmi l'élite intellectuelle de la nation est troublée par des événements lointains. Un putsch en République du Senghal, un État africain. Il est plus que concerné, puisque sa fille, Luciole, a épousé un camarade de promotion de l'ENA, Agatos, et l'a suivi au Senghal, renonçant à une belle carrière en France... Et justement, Agatos n'était rien moins que le Premier ministre du gouvernement renversé... »

Ouest-France

Jean-Pierre Leclerc
D'un hiver à l'autre
Prix Lucien-Gachon
du meilleur roman du terroir

« Dans leur ferme d'Auvergne, après quatre ans de guerre, Jean-Baptiste et Patience attendent le retour de leurs fils. Un soir, un inconnu rapporte les effets militaires du cadet, devient bientôt leur garçon de ferme et prend la place de l'enfant disparu. Patience ne peut s'empêcher de douter. Est-il bien celui qu'il prétend être ? »

France-Soir

« La rudesse, le courage, l'entraide... Un roman qui sent bon le feu du bois et l'air des montagnes. »

Robert Sabatier

Eugène Le Roy

Jacquou le Croquant

Préface d'Emmanuel Le Roy Ladurie

« Le roman d'Eugène Le Roy fut, dès sa parution, il y a cent ans, un manifeste de la cause paysanne. Jacquou est un jeune orphelin dans le Périgord Noir du début du XIXe siècle. Son désir de venger ses parents va se transformer peu à peu en un mouvement de révolte générale des paysans. L'un des premiers et plus authentiques "romans du terroir". »

Le Dauphiné libéré

René de Maximy

La Ferme des neuf chemins

« Quand le vieux Johannès a ouvert la porte de sa ferme à Maria, une diablesse mourant de faim, il était sans méfiance. Mais dans le pays, tout le monde se pose des questions : de mémoire d'homme, le proche carrefour des Neuf Chemins a toujours été le rendez-vous des sorcières et des "gens de l'autre face"... »

La Dordogne libre

« En lisant ce roman puissant et salubre, une voix me soufflait à l'oreille : Giono, Ramuz... Eh bien oui ! Mais ce livre a un ton original. »

Michel Peyramaure

Cet ouvrage composé
par D.V. Arts Graphiques à Chartres
a été achevé d'imprimer sur presse Cameron
dans les ateliers de Brodard et Taupin
à La Flèche (Sarthe)
en mai 2000
pour le compte des Éditions de l'Archipel
département éditorial
de la S.A.R.L. Écriture-Communication.

Imprimé en France
N° d'édition : 344 – N° d'impression : 2632
Dépôt légal : juin 2000